马笑泉
作品

回身集
HUISHENJI

湖南文艺出版社

自 序

在国术中，回身，是一个看似优雅和谦退的动作，但当中往往潜伏着果决与凌厉，接下来的一击可能立判输赢，甚至立见生死。生命中的回身则蕴藏着更多含义：有的是在长期忍辱负重中开始发动进攻，有的是看清了一切后终于决定抽身离去，有的是在犹疑与思索中踏上了另一条道路……它是姿态，也是选择，于柔软的身段中彰显着刚毅甚至执拗。既是选择，当有对错，但这对错不该由人物本身来判定。他们只是在某一刻彻底醒悟或自以为醒悟，然后，回身，以此承担了各自的命运。

目录

001　回身掌
023　宗师的死亡方式
051　直拳
100　轻功考
121　阴手
138　女匪首
173　赶尸三人组
214　水师的秘密

回身掌

"回来啦?"

"回来了。"

"坐。"

他仍袖手站立,凝视着端坐在太师椅上的二师兄。厅堂既阔且深,即便已近午时,日光从天井和厅顶明瓦两处涌进,厅首仍半明半暗。但他能清晰地看到二师兄的脸比过去更加光洁,眉宇中往昔的英气已转化成蔼然之色。这是敛气入骨的功夫已经做足了的缘故。他陡然意识到自己犯了个错误:这十年来时时将二师兄作为假想敌,但那个假想敌却是十年前的他。自己固然突飞猛进，但二师兄也在长功夫啊。这份心惊并没有让他的眼神有丝毫波动，继续和二师兄对视。

二师兄轻轻地叹了口气，说："要不，我们就在这里过过招？"

他摇摇头，说："你还怕同道在场看着？"

"你对我就有这么大的恨？"

"不是恨，是这口气我非争不可。"

二师兄把目光移开，端起八仙桌上的盖碗茶。在碗盖将被掀开的那刻，尾闾骨突然腾起一箭热流，他随即把臀部微微往里一收，束住了那股向前扑的劲。二师兄目光又射到他身上，碗盖已开，茶水纹丝不动。他微生懊恼，但这是体内良能被引动，并非有心出手，怪不得自己。何况并没有出手，所以也不必解释。便是出手，也不必解释，更用不着懊恼。这念头转了一圈后，他听到二师兄说："三天之内，给你消息。"

他拱拱手，转身就走。

门口聚集了一大堆人,三三两两,有站着的,也有蹲地上的。见他出现,嗡嗡的交谈声便凝固了,有几个蹲地上的还站了起来。他扫视了一圈,当中哪些是武行中人,哪些只是来听消息的闲汉,便了然于胸。目光收回后,他想径直穿过去,但并无一条直路可行。若是绕行,他们会以为自己胆怯。当中只要有一人出头,他们便有可能逼上来群殴。以这些人的道行,他收拾起来如快刀斩瓜。但他实在不屑于跟他们动手,但又不能示弱。虽然尚未正式比武,但交锋已经开始,气势一定要足。有几人的脚步往前动了动,或者没动但有发动的意图。这无形的意图触发了他的身体。站在最前头的两人感觉到本在四尺开外的他突然就到了面前。本能地想往两边闪,但他俩马上又意识到应该合力挡住。这念头还没转完,人已掠过去了。等两人回望时,他已到了人群深处,像鬼魅一样飘忽不定。待到两人完全转过身来,他已在人群之外,迤迤然往前走去。只有几声喝彩追了上来。他嘴角溢出一丝笑意。当年二师兄是凭身法赢了自己,多年来在这上头痛下苦功,自信单论身法一项，只怕连师父也要自叹弗如。想起师父，他嘴上的笑意便凝住了，加快步伐，很快消失在街角。

回到会馆后，他即闭门不出。当初因衣着寒酸，既不像读书人，也不像生意人，又无人引荐，门房想把他挡住。但不知何故，被他两眼一照，竟觉气馁，任他进门，还见着了执事。执事见他气质非同寻常，加之一听口音便知非但同县，而且与自己同乡，例行询问后便客客气气地请他登记了。见他一笔小楷写得端正，暗自点头，事后特意叮嘱长班每日送壶热水到他房中，不可轻慢。现在他喝了两口已经半温不凉的水，从怀中取出回时顺道买的两个大饼，慢慢地嚼。每一口都嚼融了，几乎不用吞咽就化入体内。这大饼做得厚实，芝麻葱花统统不放，近于原味，最中他心意。他以前喜欢吃香喝辣，但这些年口味日趋清淡，食物中佐料越少越好。年少时听师父说，要能把菜根嚼出鱼翅滋味，才叫会吃。那时听不明白，现在已经懂了。两个烧饼入肚后，便含口水漱了漱，这水并不吐掉，而是咽了下去。他又坐了半炷香时间,才起身缓缓走动。绕了一炷香的圈,便打开包袱,取出拳经。上面的每个字、每幅图都已刻进心里,自信默写出来,也是分毫不差,他每日却还要拿出来翻翻。这是师父手抄,大师兄、二师兄和自己每人一本。睹物如睹人。师父文武双全,处事有方,本门是在他手里才立足京城的。义和团进来的时候,他还稳当当地守着拳馆。等到李中堂和庆亲王奉太后旨意与洋人议和,师父突然带着大师兄连夜遁出京城,临走时命二师兄主持本门事务,自己从旁协助。事情平息后,其他门派又重新活跃起来,二师兄却约束本门弟子,场面上的事情一概不参与。自己觉得二师兄过分小心谨慎,有意无意间便在他面前嘀咕几句。二师兄却充耳不闻。嘀咕得多了,他便带上自己去寻找师父和大师兄。从口外转到山西,荡了两个月后没有头绪,只得返回。在家客栈中自己又议及本门事务,二师兄无法回避,又不肯改变做法,便起了争执。言语往来之间,二师兄勃然作色,猛然一个回身掌,把自己从窗户中打了出去。他放的是长劲，自己虽然跌得狼狈，却没受内伤。爬起来后，心知气势已挫，再上去动手，赢面很小，只得含恨离开。晃荡了几天后，身上盘缠渐尽，便上了五台山，寄居在一个大庙中，把头剃光了，也没受戒，只干些砍柴挑水的杂务，闲时锤炼功夫。这样非僧非俗地过了十年，直到自觉功夫已大成，才向监院和典座告辞。监院竟把他引到方丈处。方丈是临济宗高僧，却不露机锋，以禅定功夫闻名僧俗两界，平常极少开口。他相貌跟师父有几分相似，虽然从没搭过话，见面却生亲近之心。方丈说，我虽不知你来路，但看出你根器颖利，心志专一，可惜缘分不在佛门。你下山之后，要跟在山上一样，把心放在该放的地方。有些事，能化解就化解。你的气象是能做万人师的，只要待人平和即可。说完后，不待自己开口，便嘱监院送笔盘缠。那时方明白，自己能够在此栖居十载，实是拜他所赐。正想跪下磕头，方丈却已起身，转入内室中去了。现在想来，他是能预知自己的念头，避而不受，真乃高僧大德。此事如能了，定遵他所嘱，把心放平，只是踏踏实实练功夫，再教授几个心地诚笃骨骼上佳的弟子，也算不负师父所传，半生所学。

看了半个时辰拳经后，他又起身走动了一会儿，才面朝东方，准备站浑圆桩。当年追随师父练拳，头一年就是站桩，一个浑圆桩，一个托枪式。别的拳馆同期进去的人整套的拳都打得滚瓜烂熟了，自家师兄弟几个却还在站桩，以至于有人嘲笑他们是不是站傻了。二师兄一声不吭，大师兄和他却按捺不住火气，跟他们对骂起来。若非师父场面上吃得开，和其他门派的师傅交情都不薄，还真会酿成事端。那会儿功力是慢慢站出来了，打法却还没上身，真动起手来，只怕会吃亏。有几个年轻的师弟，耐不住这份枯燥，偷偷地转到其他拳馆。师父知晓后，只是置之一笑。当时不理解师父的态度，现在想来，是该一笑。笑什么？笑他们得了宝不珍惜。师父不玩虚的，传的是真东西。别的不提，单这两个桩，若是站进去了，那是多大的受益。但为了能站进去，那也得要流不少汗。现在他双手往胸前一虚抱，膝盖微微一屈，头往上轻轻一顶，就能进去。进去后个把时辰弹指间就过了。弹指之后他收了桩,又在房里转起圈来。转了小半个时辰,听到有人朝这边走过来。然后是敲门声。他问了一句,才开了门。执事正站在门口,后面跟着长班。

长班放下茶壶茶碗和一大包吊炉花生后,就走了。两人对坐在小八仙桌旁。执事要给他倒茶,他不肯受,先给执事倒了,自己方斟了一碗。茶水才出壶,一股茉莉花香便在房内弥漫开来。

执事笑眯眯地看着他,说:"这是'正兴德'的花茶。"

他吹了一吹,抿了口,点点头,说:"好茶。"

执事又请他用茶点。他拈起一颗花生,剥开来,放在嘴里慢慢地嚼。执事却没吃,抿了口茶后,说:"薛师傅是个有大能耐的人啊,我是早就看出来了。"

他并不觉得吃惊,说:"就会点拳脚功夫,别的就谈不上了。"

"字也写得好,文武双全啊。"

"哪里，哪里，也就是读了几年私塾，有点底子。"

执事点点头，又喝了口茶，说："今早的事，京城都传开了。都说您显了神通，能把自己晃没了，到面前人也拦不住。"

他淡淡一笑，说："那是小玩意。"

"这还叫小玩意？您本领大了去了，连傅师傅听说了，也坐不住，走到大门外。"

"哦。他怎么说？"他正往嘴里送花生，手停在唇边，瞅着执事。

"傅师傅就站了一站，见人还不肯散开，便让下人端出个黄铜脸盆来，放在地上。里面盛了清水，看得仔细的，说离顶还有一指远。傅师傅矮下身子，围着脸盆转了两圈。还真神了，那盆里的水也跟着转起来。转完后，他就背着手进府去了，啥也没说。"

他点点头，把花生放进嘴里。嚼化了后，他才说："我知道了。谢谢您老。"

"哎呀，谢什么。我是高兴。咱乡上能出您这个人物，在京里的同乡面上都有光啊。"

"您老重乡谊，让我有块地儿住，我该多谢您。"

"快别提这事了。来来，喝茶，喝茶。"

他喝了口茶。茶水虽香，在他尝来，却不如白开水滋味甜净。不过，偶尔喝一喝，也无妨。倒是这花生烘得真好，绷脆绷脆的，嚼起来带劲。

"听说您跟傅师傅其实是师兄弟？"

"嗯。"

"你俩同门之间的事，本来我也插不上话。不过我跟您是同乡，又痴长您几岁，就在这里多句嘴。"

他放下茶杯，瞅着执事。他眉骨高，眼睛又大又深，用心看人的时候，就像两盏小灯。执事被他照着，不自觉地把目光放低，嘴角仍是带着笑："您和傅师傅都是有大本领的人，又是同门。我看傅师傅的意思，也并不想跟您动手，但他是场面上的人，没个台阶还真下不来，端盆水出来走两圈，也是自己给自己找个台阶下。自家师兄弟，要是没有血海深仇，有什么话不能坐下来好好说？别让人家看把戏。"

他默然了一会儿,才说:"您老的好意,我是心领了。自家师兄弟间的事,还是由自家解决。"

微微叹了口气,执事说:"今儿我算多嘴了。说得不对,您别在意。"

"哪会呢。您老的好意,我是记下了。"

执事点点头,便起身告辞。

他指了指桌上,说:"我帮您送过去。"

"就留在这,您慢用。您别推辞,这是我的一点小心意。我还是那句话,乡上出了您这么个人物,我是真心高兴。"

他送执事出了门,转身回屋,坐下来继续嚼花生,边嚼边想:"连这里面的人也肯替他尽心传话,看来这十年他是扎稳了,盘大了。说到为人处世,他跟师父最像。但师父也不会突然打我一掌啊。"

这天夜里,他梦见了师父。师父脸色还是那么红润,但年事渐高,又在外奔走多年,到底还是添了些皱纹;头发绾出一个高髻；穿着道袍，只管打坐，也不理会他。他跪了许久后，师父才拿起拂尘，往他脑袋上打了一下。这一下把他打醒了。睁开眼，窗外已经泛白。

早起后他出去买了两个大饼。上午就在房里练拳。中午还是两个大饼。下午准备站桩时，心里突然一动，片刻后便听到长班在院里喊："薛师傅，您有客人。"他倾听了一下脚步声，连忙打开门，瞅了一眼，身子就到了门外。那人已上了台阶，转到走廊上，看到他，便站住了，圆脸上露着笑意。快步迎上去，唤了声大师兄，他便不知道说什么好，眼睛微微泛红。

"我还以为你不记得我了。"

"怎么会呢？怎么会呢？"

"那到了京城怎么不来见我？"

"我不知道您回来了。"

"嗯。那是二师弟没跟你说，回头我去骂他。不过你也没给机会让他说。"

他没吭声,把大师兄让进房中。过了片刻,长班提了壶新茶进来,还带了包吊炉花生。

等门关上后,大师兄一边看着他倒茶,一边说:"看你比过去还精神了些,也稳重多了。"

"大师兄,您可一点也没变老。"

"可不是,连头发也没白一根。"大师兄显得很得意。

"您的修为,我们可都赶不上。"

大师兄呵呵大笑,指着他说:"你倒是学会拍马屁了,以前可不是这样。"

"我是说真心话。"

"听说你现在长能耐了,快露一手,让师兄瞧瞧。"

他迟疑了片刻,几乎想去挠脑壳,但这个过去的习惯动作早已被他强行磨掉了。大师兄正看着他,慈祥的目光中闪烁出几分年轻时的俏皮。

"大师兄性子也一点都没变啊。"他想。

应了声好后,身子陡然塌下去,等暴涨起来的时候,人已站在长凳的另一边,对着大师兄拱拱手。

"好！"大师兄待他重新坐下，又说，"你的身法已经练到神变的地步，单论这个，我和二师弟都不及你。"

"大师兄，论功夫，我和他一向都不及您。许久不见，您也露一手让我开开眼界。"

大师兄喝了口茶，走到开阔地，哼了一声，打出一记半步崩拳。整间房都抖了一下。那顶瓜皮小帽直射而上，落下来时，大师兄身形稍动，不偏不歪回到他头上。

他鼓起掌来，说："这就是冲冠力啊！"

大师兄点点头，落座后拈起颗花生搓了一下，一粒花生仁就弹进他嘴里。

他望着大师兄，满眼都是钦佩，还有亲近。大师兄身材矮胖，却能突破先天限制，练到至大至刚的境界，心志之坚毅，让人叹为观止。自己身材最高大，却往灵巧上练，除了要跟二师兄赌口气，也因心知阳刚正大一路，再练也不及大师兄。方才他这记半步崩拳，前崩开碑，后蓄满弓，上顶冲冠，下蹬掀地，腰胯还拧着股巨力，功力和打法都已到了极致。大师兄平时像尊弥勒佛，但一动起手来就如龙似虎，气势上先把人压住了，现在又练到了巅峰，二师兄就算能以气劲带动盆中水流，真要跟大师兄动手，还是赢面甚少。大师兄既然回来了，论资格论功夫，本门应该由他主持才对，怎么二师兄还占着那个位子？这般想着，他愈发觉得二师兄有可恨之处。

"大师兄，师父他老人家呢？"

"他出家了，在终南山修行呢。"

他一愣，随后喃喃地说："他真的出家了，他真的出家了。"

"你也听说了？"

"我昨晚梦见他了，在个道观里。"

"嗯，师父由武入道，在尘世留的这些技艺，就靠我们传下去了。"

"你们当年为什么要走呢？"

"这个，师父当年不让跟你说。也不是怕你泄露，只是他觉得知道的人越少越好。现在可以说给你听了。你还记得庚子年的事吗？"

"记得,那年京城乱成一锅粥,老佛爷也镇不住,跑到西安去了。"

"是啊,长毛都没打到京城来,义和团那帮小子竟然闯进来了。你是知道的,义和团进来后,他们的带头大哥亲自登门拜访师父。师父只是敷衍,觉得他们装神弄鬼,不是正道。后来洋鬼子进来了,到处抢劫放火,还奸淫妇女,师父看不下去,每晚带着我出去,看到落单的洋鬼子,上去就是一刀,有时碰到两三个,只要旁边没人,他老人家在前面招呼,我从旁边攻上,眨眨眼也解决了。"

他瞪大眼睛,愣了好一会儿,才说:"怎么不叫我?"

"这事危险得紧,洋鬼子反应快,手里又有枪,慢一拍都不行。最怕的就是惊动大部队,围上来可就难得脱身。你还记得八卦门的程爷吗,那武艺也是到了顶的,大白天伏在屋脊上,看到落单的洋鬼子,跳下去就是一刀。后来洋鬼子有了防备,故意派人引他下来,旁边角落里蹲着一排枪,程爷还没落地就瞥见了,脚一点又上去了,但慢了一线,当场被打没了。师父本来连我也不想带的,但他老人家谨慎,想着有人在旁边看着,万一有个什么闪失,还有补救的机会。你和二师弟那会儿功夫还不老成,这么凶险的事,只有带上我。我也算历练了一回。后来太后和洋鬼子议和,师父知道又得杀一批人洋鬼子才会罢休。虽然事情做得隐蔽,但为了以防万一,还是得出去避避。临走时跟二师弟说了缘由。师父要他一切忍让为先,千万别出头,还特意叮嘱他看好你,然后带着我去了口外。"

"我和他还去找过你们,找了两个月呢。"

"我们能不住客栈就不住客栈,难得找到。师父带着我,先是去了蒙古,后来转到甘肃、青海、新疆、西藏,一路上访到不少高人,真是开了眼界。三年前返回,又去陕西游历。到了终南山,师父突然说他不回来了,就在那里修炼。我想留下陪他,他说我跟方外没有缘,赶着我回来了。"

"您回来就该您主事,怎么他还坐在那?"

"这不关二师弟的事,他都让过我好几回了。我说临别前师父又叮嘱了,本门以后就由他主持,有什么难了的事，我再出面。"

"师父怎么这样安排？您都是跟他出生入死的人了。"

"三师弟，你说说，这世上还有比师父看得更通透的人吗？"

他凝思片刻，摇摇头。

"就是嘛。要是单论功夫，师父之下，本门我算是最高了。但场面上的事，不是单凭功夫就能解决的。二师弟少年老成，善于斡旋，长得也是一表人才，这上头，他跟师父最像。师父不在这些年，很多麻烦事他都不动声色化解了，这也是大能耐。师父就是看准了他有这个能耐，才把本门交给他打理。"

"理是这个理，但我还是觉着您委屈了。"

"不委屈。我就是个武痴，那些应酬的事摊到我头上，才真是委屈我了。师父是不会亏待任何人的，他恩准我自开一派。今后咱们门中，就有尚派这一支了。"

他的眼睛瞬间大亮起来，说："师父真是没亏待您，您也担得起。"

"你知道师父怎么说你吗?"

他把身子往前凑了凑。实际上,哪怕坐在屋外,大师兄的话,他也能听得一字不落。

"师父说,咱师兄弟三个,二师弟最持重,拳也练得最规矩,是个守成之主。我拳势跟他不同,倒是跟师祖像。你呢,灵性最足,能出变化,将来也会自开一派。"

他眼睛更亮了,闭着嘴,反复品咂这番评说。

"你说,你还犯得上跟二师弟怄气吗?"

"我不是跟他怄气,我是跟拳怄气。要不这样吧,也不用旁人在场,就您盯着。"

"嘿嘿,你还是放不下。告诉你,这招我也盘算过,还是不妥。你想想,你是练到了神变,二师弟练出了气劲,到了这份上,只要动手,谁都不敢留手。不留手,败的一方不死也得重伤,胜的也好受不到哪去。师父好不容易调教出三个入室弟子,一下折损了两个,你还要我在旁边看着,你是要我看得吐血啊?"

他耳根烧了起来,半响不说话。

"我问你,他当初打你那一招,还记得吗?"

"回身掌。"

"他平素用得多吗?"

"少。"

"他能用回身掌把你放出去,用虎扑也能把你放出去。这招他当时就练到家了,比回身掌稳妥,你说说,他怎么就不用?"

他咬着下唇,瞅着大师兄。

"他是在告诉你,还等着你回来呢。"

"他就非得把我打跑吗?"

"他那谨慎性子,比师父还过去三里路。觉得你老是闹,不消停,干脆逼你到外面转几年,最稳妥。这不,现在皇上的龙椅都快坐不稳了,师父那点事,提也没人追究了。"

他陷入长久的沉默。大师兄也不再说话,又倒了杯茶,就着花生慢慢地品。他也一粒一粒地往嘴里放。房间里只听到嚼花生的声音。他希望这花生能一直嚼下去。但不知不觉间，只剩下一颗了。他手已准备伸过去，又放下了。

"你吃。"

"您吃。"

拈起那颗双仁花生，大师兄一撮，一粒花生仁弹进他嘴里，又一撮，另一粒弹了过来。他嘴一吸，就进去了。两人相视一笑。他觉得胸口暖融融的。

"我离开终南山的时候，师父说他夜观星象，看出虽然快要改朝换代了，但咱们武行合当大兴。这不，迷踪艺霍元甲的弟子在上海成立精武体育会，很多名流都去捧场，还上了报。二师弟这些年也没闲着，本门在京城是越来越旺了，跟太极并驾齐驱。前一阵天津要成立国术馆，出钱的人过来跟二师弟商量，想请本门派高手去主持。我年纪大了，就在家里教几个徒弟，不想挪窝，二师弟更动不了。小辈里面也有高手，但还没到独当一面的份上。你在这节骨眼上回来，正好。我跟二师弟商量了，就让你去主持。成不成，就等你一句话了。"

这时窗外天色渐暗，他深眼窝里那双大眼却仿佛能把一室照亮。大师兄的话，师父的话，方丈的话，合在一起，把他的心放得很大。那回身一掌印在胸口的耻辱，变得很小，小得有点可笑。

他站起来，向大师兄拱手鞠躬，说："谢谢大师兄栽培。"

大师兄笑呵呵地说："那边催得急，明天我和二师弟就送你过去。"

他怔了一怔，说："有您陪着就行了。"

"你还跟他怄气？"

"不是怄气。您跟他说，等我在天津站稳脚跟了，再回来看他。"

"这样也好。你们不在拳上争输赢，那就比比谁把本门功夫传得广，传得远。"

他用力点点头，露齿一笑，这笑容比他的眼神还亮。

发表于《芙蓉》2019年第4期

《小说月报》2019年第8期选载

宗师的死亡方式

太师祖乃一代宗师,这是连他的对手们都承认的事实。准确地说,是他对手们的门生或戚友。对手们在动手时大多当场报销了,来不及对他的功夫做出评价。没有死掉的也被抬着回去,运气好的还能再站起来,只是从此行动迟缓、白发丛生,听到比武二字便目露疑惧之色,更不用说提及那次结局悲惨的交手了。估计他们余生都在深深懊悔当初为什么就经不住撺掇,要出头挑战太师祖?但冷静考量这些事,至少在某一场比拼上,换作是我,也会盛气前往的。

那时太师祖刚从乡下来到城里，没有投帖拜谒本地同行，而是背着个跟他一样土头土脑的大包袱晃悠了两天，便选了块地戳杆授艺。如果不是他立起来的那根大杆子既粗且长，雄壮得简直不讲规矩，而且通体深褐色，有人就要立刻发作，上来踢场子。但这根大杆子暂时震慑住了他们——如果它的确属于眼前这个又瘦又矮的乡巴佬，那他在这上头所下的功夫着实惊人。他们暗中观察了两天，甚至还请动了门中老前辈亲临鉴定，最后确认了此人虽然很愣，但也很硬。这些人拥有足够的谨慎和缜密，这保证了他们能在这座权贵云集的城市扎根生长，维持住各自地盘。但太师祖的行为对他们所有人来说，都是一种公然的轻蔑，让他们难以做到视而不见。又花了数天时间摸底后，几个头面人物密切商议了许久，然后给太师祖送去一份请帖。

最初跟着太师祖练拳的都是些愣头青，乍然见到本地武行联名送来请帖，激动得难以自持，恨不得把这消息嚷得让每一个路人都知晓。太师祖把他们统统都瞪了一遍，瞪得他们垂首屏息,然后说了两句话:一句是,这是鸿门宴。另一句是,你们都跟我去。第二天跟着他去的只有一小半,其他徒弟有的托人前来告假,有的干脆直接失踪。太师祖也不询问,到了时辰起身就走。

本地武行在一家酒楼设了宴席。酒楼既不豪华也不寒碜,宴席同样如此。这显然是经过反复权衡的。这帮人占据了一个大码头,其显赫地位甚至可以跟京城同行比肩。若仅就个人而言,太师祖技艺再惊人,他们也不会这般审慎,但他们必须认真看待太师祖的来处,那个深远、强大的背景。太师祖出生和学艺的那块地是武艺的一个风暴中心,在那里,扎着小辫的孩子和扭着腰走路的黄花大姑娘都有可能是练家子。任何镖局押货进入它的地界,都不会喊镖,否则会被视为炫耀和不敬,随之而来的将是镖旗被拔掉的羞辱。太师祖所练的又被公认为该地最强悍的拳种,这种强悍目前主要是通过他的师父和师兄来体现,他们都已扬名京城,跺一跺脚,整个北方武林都要颤几下。而太师祖不追随他师父师兄的足迹,却来到这个地方,当中玄奥也颇堪玩味。总之，本地武行觉得这是桩棘手的事，轻不得，重不得，只能先礼后兵，相机而动。

太师祖到场后，虽然也拱手为礼，但面对这些人云山雾罩的绕弯子话，脸上便露出不耐之色，既不端杯，也不动筷。见他如此，有人按捺不住火气，呵斥他不懂规矩。听得此言，太师祖却不气恼，只是抬起眼皮直视着对方，甩出一句："咱们都是练把式的，把式最大的规矩，就是手底下见真章。"话说到这个份上，只能开打。

挑战的就是呵斥他的人。等这位拉开架势，身形刚动，太师祖上步一掌就击在他脑门上。对方两颗眼珠子立刻飙了出来，人像一捆干柴那样栽倒在楼板上。撤步收手，太师祖不看他第二眼，而是瞄向对面那些人，不发一言。那些人当中涵养最深的也变了脸色。其他人都望着他。他对另一个人使了个眼色。那人脱下长袍，露出一身短打。太师祖还是等他摆好架势，还是让他先行发动，还是上步直击他脑门。那人脑袋避开了，肩膀却没避开，骨头断裂的声音比疼痛更早地抵达。他往地上一滚，打算不顾颜面也要躲开太师祖的连续追击。太师祖却已收手,仍不说话,站在那里像一截木桩。徒弟们想喝彩,声音却卡在喉咙里出不来。太师祖的拳法就跟他人一样:沉闷、单调、直接,他们看不出好在哪里,只觉得脑后生寒。其实这一招的名字很炫耳,其实"猛虎硬爬山"还有后手,但终其一生,太师祖都没有机会在别人身上施展,以至于他晚年向徒弟感叹:"我用这招,一下就了事。第二下,第三下是啥威力,自己都不知道!"太师祖一生打遍武林无敌手,门下高手如云,如果说有什么遗憾,这应该算是之一吧。但他在武林中的盛誉也是建立在这种遗憾上的。"神拳无二打",也就是说,他打人不用第二下。太师祖那一掌就是猛虎的一掌。猛虎一掌能拍裂水泥地。太师祖没拍过水泥地,但拍散了许多高手的魂魄。酒楼上毙命的这位,仅仅是一个醒目的开始。

太师祖在那个大码头扎下根来,扎得让本地同行牙齿咬得格格响却又无话可说。事后那些没到场的所谓徒弟又厚着脸皮聚了拢来,但还没拢到太师祖的边就被他骂走了。剩下的徒弟，除了受不住苦主动退出的，连资质最鲁钝的那位也被他调教成了好手。其实跟着他这样的师父，想不把功夫练好也难。太师祖就是个武痴。本门有一种铁裆功，极少有人去碰，因为如果练习，就不能行房。练习者一般是等有了子嗣之后，但这也算是下了极大的决心，做出极大的牺牲了。太师祖却是干脆不娶老婆，早早就练成了。他非但于色字上头一点都不沾，还不抽烟不喝酒不赌博，也极少把心思用到功夫之外的地方。渐渐地本地武行承认他是个正人，就是出手太狠，不留情面。太师祖却对后一说嗤之以鼻，他说："留情不出手，出手不留情。讲我手狠，我的手就有这么狠。不服气，就练到比我狠。"我的一位师叔祖在其晚年撰写的回忆文章中盛赞太师祖武艺高绝人品贵重，就是对他这个习性略有微词。不过他也指出，那个时代风气如此，不像现在，软绵绵地推两下手或者干脆是在嘴上耍几下拳，就能混吃混喝混个头衔。他还推断，以太师祖的性格和做派，到了今天，很可能不会开武馆，而是去打自由搏击赛。

在我看来，师叔祖的推断是成立的。如果不是为了吃饭，太师祖连拳场都懒得设立。他生性沉默寡言，只愿跟看得上眼的人来往。开个拳场，总有些日常事务要处理，得跟三教九流打交道，这让太师祖不胜其烦。后来有本地豪门重金礼聘他去当家庭教师，太师祖考察了对方的情况后，迅速解散拳场，带着几个入室弟子欣然前往。这让同行们松了口大气——原来太师祖并无广收门徒扩张势力的企图。事实上，他不往京城而来此地，只是不愿借助师父和师兄的势力而已。尽管他的真才实学是任何人都无法否认的，但他连这个话柄都不想落下。他要依靠自己扬名立万。他完全做到了。现在他可以过一种更理想的生活。豪门深如海，能把一切他所厌烦的人事轻而易举地挡在外面。他只在武学的天地中遨游，不愁生计，清净自得。

有些在豪门中谋生的武师并没有得到足够的尊重，这并非因为他们功夫不够。豪门的选择是极其严格的，这关系到他们的脸面，也关系到子弟的成长和家室的安危。能够获聘的武师，都有绝活。然而武艺非凡不等于内心强大,或者用那位师叔祖的话来说,人品贵重。有的人在豪门的排场面前不自觉地软下腰杆,甚至还主动送上谄媚的笑容。这种表现是太师祖极为鄙视的。他在东家面前同样不苟言笑,哪怕对方是位手握重权的将军或门第显赫的前清督抚。那位撰写回忆文章的师叔祖出身于地方豪绅之家。他写道,太师祖起初只教他站桩,不但他觉得乏味,连其父在旁边看着,也有点郁闷。一次小宴中,其父趁着气氛甚好,提出是不是可以教点拳脚。不料本来神色柔和的太师祖把脸一板,硬邦邦地抛出句:"我的徒弟,如何教,我做主。"弄得场面顿时尴尬起来。好在往日宾主之间颇为相得,他没甩出走人的话。此后其父再没插手过授艺之事。等到又过了一年,太师祖见师叔祖身上已经完全站松了,才开始传授打法。师叔祖是太师祖晚年所收弟子,而太师祖的这种风格,是从一开始就确立起来的,坚硬如石,斩截如刀。我的师祖,太师祖的过继子,追随太师祖长达二十年。除了功夫上的传授外,对太师祖所说的话,他记得最清楚的一句就是:"咱爷们有艺!"

太师祖如此维护自己的尊严，其实也是在维护"艺"的尊严。这种做派反而增加了他在权贵心目中的分量。同行们也认为他替武林挣足了面子。他地位渐高，声望日隆，稳步迈入为当世所承认的一流高手行列。山东一位军阀派亲信携带书函和重礼北上请他大驾。太师祖虽不好应酬，却喜欢遨游名山大川。这也是他养功的一种方式。中州胜景自然对他构成巨大的吸引力，另一重吸引力则来自军阀本人。这位军阀不但手握重兵，且是武当剑法正宗嫡传，被一帮清客捧为"剑仙"。如此人物，卑辞厚礼来请，连老东家也觉得不容拒绝。太师祖遂在一众高足的簇拥下登上火车。该军阀确实对武术有着澎湃的热情。他不仅四处延揽高手，而且以督军之尊，亲自筹划成立了山东国术馆。太师祖虽然不预馆事，但带去的弟子均被安置在馆内任职。他去信将年少的师祖从乡下招来，随侍左右，大有长居此地的势头。但他没能实现这一打算。军阀通晓剑术不假，但在太师祖眼里，他进击时身法尚有未到之处，在实战中容易为敌所乘。碍于他的身份地位和隆重礼遇，太师祖没有当面指摘，已是极为克制，再要他浮词虚誉，那是万万不能。军阀心胸虽然并不狭隘，但受惯追捧，见太师祖竟不置一词，难免意有所憾。半年后另一位高手应邀前来，军阀照例大摆宴席，太师祖也列坐上位。该高手有铁臂之称，开砖裂竹易如反掌，横行东南十余年，嘴上功夫也甚为了得，席间吹捧东家剑术超凡入圣，三丰真人之后不做第二人想。军阀心花怒放，也面誉他铁臂无双，有搏狮杀虎之能。该高手遂露睥睨群雄之态。太师祖在席间默不作声，饭后即带上见证人前去挑战，在他双拳贯耳之前，以"猛虎硬爬山"第一式取其性命。军阀闻讯大怒，认为太师祖如此做法，是存心扫自己颜面。他虽未明言要赶人，但身边僚佐都是乖觉伶俐之辈，不待盼咐自去布置。而太师祖一旦觉察到食无鱼肉，也勃然大怒，带着弟子不辞而别。多年后想起此事他还耿耿于怀，甚至说出了一生中少有的刻薄话："穿着个大褂练剑，会又不会，一拳打死上好！"

尽管视此为大辱，但太师祖当时终究没有一拳打死这位"剑仙"。太师祖忌惮的当然不是他的剑，而是他背后林立着的现代枪炮。虽然将功夫练到了登峰造极的地步，但太师祖绝不会认为自己能够对抗枪支大炮。只有"义和拳"的人才会有这种疯狂的想法，最后在自欺欺人中酿成大祸。许多年后，另一位登峰造极的北方宗师，于武学之外别有所好，加入"一贯道"，被列为反动会道门头目，政府担心拿他不住，出动了军队，用机枪把他堵在巷子里，他那神鬼莫测的身法在机枪的密集扫射下无所遁形，只能横死当场，成为该门派不忍提及的深痛。太师祖出生于清末乡下，读书甚少，一生却不做玄虚之想。他天性执拗暴烈，在关节处却拿捏得很清楚。除了早年跟随他闯码头的几位弟子外，他后来所收门生不是亲戚就是富贵中人。亲戚有血缘的维系，忠诚度自不待言。富贵弟子不以拳为生，很少有那种忍辱负重取而代之的阴险心思，他们的身份地位也能助长本门威势。当年杨氏太极拳能够迅速崛起，声震天下，跟杨露禅教授王公贝勒有极大关系。太师祖跟杨露禅文化程度都不高，却通过练拳打开了心窍，智勇深沉，见事明白，而且始终专注，不杂他想，所以一生基本顺遂。

太师祖后来率众去了东北，在一位同样痴迷国术、实权更大的军阀那里做军队教习兼家庭教师，他的弟子中有几位进入军界，其中一位还官至中将。这些人将本门武功加以改编后传入部队，引起了政界高层的关注。他们对本门"忠肝义胆，以身做盾，舍身无我，临危当先"的理念和气概尤其激赏，纷纷聘请门中高手担任贴身护卫。太师祖的开山弟子艺成后进京，被废帝聘为武术教师兼贴身侍卫。这位师伯祖忠心耿耿，尽职尽责。对此太师祖并无意见。但当伪满洲国成立后，师伯祖仍不肯离开，依旧保护着那个瘦弱的傀儡人物。这令太师祖颇为光火，认为他不明大义，再不肯相见。那位撰写回忆文章的师叔祖则寄身军统，在抗战中成功刺杀数名敌酋和大汉奸，后来去了海外，使本门功夫大兴于东南亚。不管太师祖赞同与否，这两位前辈事实上巩固和壮大了本门的声誉和实力，也使太师祖身后盛名不减，甚至超过了他的师父和师兄，被视为本门的代表人物。

太师祖在东北居住多年，目睹两次直奉大战。直到他的东家失势后方离开白山黑水。此时师祖被湖南方面请去该省国术馆任教，太师祖却不愿南下，遂寄居族孙兼弟子宅中。此时他已入老境，却健壮如昔。在门人的回忆中，酷爱吃鸡的太师祖到这时仍保持了那个令世人惊奇的习惯：把骨头嚼碎吞下。世人叹服之余皆认为他有故意显露功夫的意思，却不知此乃太师祖身体的自然需求——他那异常沉重坚硬的骨骼需要大量钙质。太师祖的精神旺盛也到了不可思议的地步。他依然镇日练功授拳，毫无倦容。早上弟子想赶先一步起来服侍他盥洗，却总发觉太师祖已经开始站桩，仿佛夜里不曾睡觉一样。这是神满的表现。太师祖终身不近女色，精满更是题中应有之意。而他的气满则到了时常要宣泄的地步。无人可打时便对着大树拳打脚踢，一些合抱的百年大树就在这样的击打中渐渐萎黄。他的功夫牢不可破，一些习惯也同样如此。在他成名之后，无论何人，都不能挨他太近，否则会被摔出，虽徒弟亦无例外。出门时他不走正门，从偏门或窗户出来，现身前还要扔出一个板凳，虽家居亦是如此。在街上散步时，遇到路口，徒弟们永远不知道他会往哪边走，因为他是直线行走突然变向，有时还会连变两次。太师祖清楚自己结怨太多太深。那些毙命或重伤的武林名家都有门生弟子，他们无时不在暗中窥伺，等待可乘之机。太师祖一生其实活得高度紧张，换了一个修为稍差的人，即便不是被人所杀，也会自我崩溃。他是神一样的人物。而成神的人，都是孤绝之人。从他们立志成神的那一刻起，就踏入了凶险之境。要么中道而亡，要么一条道走到底。太师祖其实做好了中道而亡的心理准备，但他仍希望自己走得久一些。所以他如此小心翼翼，仿佛在刀刃上行走。

他行走了七十年或者七十二年。

有人说他死于毒害。这一说法最权威的版本来自那位师叔祖。他在文章中写道，民国二十一年，太师祖应另一位将军之邀重返山东，他跟随前往。根据他的描述，沿途各地长官、士绅和同道争相迎送，各地报纸更是预先报道太师祖的行止，可谓风光无限，一洗当年被迫离开山东之辱。在描写太师祖此行情状的同时，师叔祖也不忘记录下自己与人较技屡战屡胜的光荣往事。他俩在山东居留了两年多。其间师叔祖在太师祖的允许下，学习了螳螂拳。这位师叔祖兴趣广泛，活力十足，学完螳螂拳后又欲去烟台跟随另一位武术家练习八卦掌。太师祖此时动了归隐之念，准备返乡，两人遂在将军的部队驻扎地分手。不久后即传来太师祖病逝于归途客栈的消息。师叔祖闻讯赶去，其他弟子亦迅速集结此地，入殓后抬棺回乡。师叔祖指出，临别时太师祖尚强健不下壮年人，突然病逝，让人生疑。他又说，太师祖于客栈所在县城又因比武而打死人，其后突然病倒，极有可能是遭仇家毒害。师叔祖是太师祖的关门弟子。此说为不少人采信，跟他的这重身份大有关系。从心理上分析，这种说法也更为那些或明或暗的仇家所接受。他们的师父是被太师祖打死或重创的，他们不愿意也无法设想还有一个能打死太师祖的人。太师祖是无敌的，死在一个无敌者的拳下，于本门声誉并无大损。他不能被打死，但也不能寿终正寝，所以最好的结局莫过于被毒死。

我反复阅读此节，发现在整个叙述中，只出现了太师祖和师叔祖。太师祖门生如云，师叔祖当时只是一个初出茅庐的小伙子。重返山东对于太师祖而言，带有洗刷旧耻的意味。如此重要的出行，以他的做派，不太可能只带一个年轻弟子。但在师叔祖的笔下，其他徒弟的身影都消失了，竟让太师祖一个年逾七旬的老头子孤零零地走在返乡途中，直到他暴亡后才纷纷现身。另一个值得推敲的地方是，在此节前文，师叔祖也提到，太师祖外出吃饭，总是让徒弟先尝，否则不会动筷。这样一个人，如何在异乡遭人下毒，师叔祖也是语焉不详。师叔祖是本门第六代传人中的佼佼者，被誉为海外宗师，身后自有人作传。作传者似乎是为了弥补他叙述上的漏洞，提及此事时进行了补充叙述，道是太师祖比武毙敌后，对方伪为敬畏，挽留款待，乘隙毒杀。也就是说，师叔祖只是推测如此的事，到了这位作传者笔下，已变得确凿无疑，仿佛亲见。只是以太师祖之警惕，如何能在一个陌生的地方杀了人后还放心接受对方款待，作传者并无任何说明。我觉得此说存在难以立足的地方。但是假如太师祖的结局出于杜撰，那么，师叔祖为何要这样做？如果说他为了警诫后人，就捏造了自己师父横死的故事，那不仅是品性轻薄，更是对太师祖的极大不敬。但师叔祖自少年时便得太师祖调教，到青年时又追随他游历山东，晚年弘武海外，其所著拳书，严谨朴实，恪守太师祖所传，未做任何添加发挥。如此行径，实不像其所为。那么，唯一的解释就是他的回忆文章被人改动过。但这是一件难以考证的事，目前只能存疑。

对于太师祖的逝世，师父的描述是：民国二十三年，一个秋天的晚上，太师祖照常坐在院中椅上，一边看族孙们练武一边喝茶，说话间突发脑溢血，当场就去了。死后仍端坐不倒，族孙们过了好一会才发觉。师父并没有亲见，他是听师祖转述。师祖也没有亲见。他当时在湖南国术馆撑持门面，收到消息后才北上奔丧。但作为太师祖的过继子，在场的人显然有义务就太师祖逝世情形向他做最详细的汇报。一代宗师，在族中子弟的环拥下端坐而逝，不仅走得干净利落，而且临终前还在说拳。这个场面非但符合太师祖的身份、性格和成就，而且给他孤独冷冽的一生画上了带有温馨色彩的句号。师祖和师父就不用说了，我也很乐意接受这个结局。但乐意归乐意，我还是尽量冷静、客观地审视了这个版本。此说的漏洞要远远少于那个版本，甚至可以说，没有漏洞。我唯一的疑问就是：太师祖怎么会突发脑溢血？

在所有资料的描述中，太师祖都是一个"筋骨人"，矮瘦精悍，身上无一丝赘肉；他老人家终生习武，烟酒不沾，血液也绝无黏稠之弊；寄居族孙家中，是他一生中最放松、最平和的时期，就算偶有情绪波动，跟他江湖征战时相比，简直微不足道；除了早年被师父和师兄在试手时放倒之外，都是他在打别人，别人打不着他，也就是说，他没有受过伤。当然，诱发脑溢血还有一个因素，就是用力过猛。但太师祖并不用力。作为一位绝顶高手，他在碰到对手那一刻之前都是松软如绵，只有在沾身时才骤然爆发。发出的叫劲，是一种用整条脊椎催发的能量。如果是用力，以他搏斗的频率和激烈程度，就算是金刚之躯，在五十岁之前也会衰竭。而用劲不用力，不唯是本门所循，亦为所有国术正宗所循。这是习练国术有成者到老身手仍健的一个重要原因。种种记载均表明，太师祖到逝世前不久，都将自己保持在巅峰状态。但他终究是人不是神，如果继续活下去，总有从峰顶上走下的那一天。对于有些宗师来说，是能够坦然接受的，但以太师祖的性格，这恐怕是他难以面对的。另一门派中有位比他高一辈的宗师，晚年劲气稍衰，游历西北时为情势所迫，不得不跟兵营中的少壮派高手较技，竟出现了平生唯一败绩，虽于性命无碍，但终究是奇耻大辱。太师祖年轻时拜谒过这位前辈，了解他的功力和境界。他的遭遇让太师祖明白，就算自己苦心孤诣、孜孜以求，也难以避免功夫的自然退化。何况这位前辈还以雍容大度、善于周旋闻名，而自己结怨无数，一旦被击倒，那就不是虽败而于性命无碍了。太师祖毕生追求彻底地掌控自己的性命，绝不允许被他人主宰，甚至连让人服侍都不自在。在他清晰地接收到身体深处发出的由盛转衰的信号时，他会不会果断选择主动离开？

想到这点时，我的心猛地撞了胸膛一下，几乎不敢再深思下去。待心气平静后，我觉得这种推测对太师祖并无不敬，反而在终极层面印证了他老人家无比决绝的性格和神一样的能力。接下来我着手查阅资料，以求证这种能力是否存在。我发现各个领域的修行者都可拥有这种能力，不管他修的是武是禅还是黄老，一些力行大学之道在止定静安上用功久深的儒家人物，也能做到这点。禅宗把这种能力唤做坐脱立亡。据《五灯会元》所载，不少高僧就这样在大庭广众中跟弟子和信众说永别就永别，洒脱之极。当代一些在西方弘法的禅师也显示了这种能力，其中几位的遗蜕在火化前被解剖，发现均存在轻微脑溢血迹象。

查阅至此，有道闪电从我头中划过，我几乎要叫喊起来。我甚至能看到这天早起时他还没生这个念头。午饭后他可能感受到轻微的疲惫，但他依然没有午休，而是在慢慢走动中恢复了精神。傍晚时金风吹拂，带来了生命收束的鲜明信号。到了晚上,他看着孙辈练功,于关窍处指点几句后喝了口茶,然后望向天空。月满天心,仿佛一种召唤,一种启示。他突然领悟到,离开的最佳时机到了。生死之间,临机而断,从未犹豫,从未错失。这一生他都是如此走过来的,最后他也要如此离开。我看到他把目光收回,凝视着眼前精壮专注一如他年轻时的后辈们,露出了罕见的微笑。

我的版本显然缺乏见证,最后这段文字更是想象之辞。但把三个版本放在一起长时间比较推敲,我竟生出了恍惚之感,不知道哪个版本更接近真实,或者杜撰得更多。

我曾想和师父一起研讨,但他虽貌如清癯书生,性情却执拗刚烈直追太师祖。思来想去,我还是打消了这个念头,以免挨骂。师父年少时因在市第一人民医院门诊大楼前跟同学玩"杀头"游戏,因其展示出的上佳筋骨而被出来闲站的师祖看中收为徒弟。师祖当时寂寞异常,郁郁寡欢,收他为徒是出于解闷,只教演法。师父天性活泼好斗，学会了套路后，便四处约架，不想次次皆输。他百思不得其解，只能红着眼睛跑去问师祖："没学武前我还能打赢，为什么学了后反而打不赢？"伸指弹了弹他那气鼓鼓的腮帮，师祖出了一阵神，叹了一口气，然后开始教他练法和打法。不到两年时间，师父被同学拉去参加武斗，最后成了派系头目。当师祖因历史问题被另一派揪斗时，他带人把师祖抢了出来，就近送到师祖母的家乡。师祖在那里度过了残年，逝世后葬在当地。直到近年因本门海内外弟子为太师祖重整墓地并举行公祭，后人才借此机会移灵回乡，把他葬在太师祖坟侧。东北师伯祖得太师祖早年真传，海外师叔祖得太师祖晚年真传，师祖得太师祖中年真传，在武林中享有"闪电霹雳手"的美誉。他当年入湘，是想将本门功夫光大于南方。不料几年后国术馆解散，他便辗转于湘中一带授拳，并娶妻生子。后来山河易帜，武行随之也发生巨变。五十年代初，师祖还雄心不死，代表湖南参加全国武术观摩交流大会。虽因演法获得荣誉，回来后却大哭一场，跺着脚对亲人说："怎么得了！现在不讲打不打得赢，只讲好不好看了。练了一辈子的东西，没有用了！"之后他离开武术界，先是去市中医院，后转到市第一人民医院，皆是当骨科医生。不得已隐居乡下后，师祖无以为乐，也无人可与语，只能借酒浇愁。武人喝酒抽烟，比常人更伤身体，功夫愈深伤得愈深。当师叔祖在海外大开法门之际，他却在楚南山野中把自己喝成了一把病骨，临去时只有老妻相伴。身后萧条之状，令闻讯赶来的师父潸然泪下。

我认识师父，也是在他暮年时。初次见面，是在一次宴席上。他才做了开胸洗肺手术，双目顾盼间却是精光四射；虽年已六十六，发仍全青；若非长期大量吸烟，他老人家应该能逾百岁。当时我被宣传部从报社抽调出来参与编辑一套大型地方文献丛书，当中有一卷涉及本地武术史。编委会中有同事与他熟识，知他亲历本地武林数十年，见闻极丰，便在与我们相商后，将他请出来吃饭叙谈。在席上说到本地武林头面人物时，师父几乎没有一句好话，甚至连"他懂个屁"这样的话也毫无顾忌地甩了出来。在场的人不便接话，只是相顾莞尔。但我发现他其实并无门户之见，谈及一位去世多年的少林派前辈时，对他的造诣赞不绝口，于本土的梅山武术也剖析剀切，道尽其所长。宴后那位同事向我们解释，说他性情耿直，坚持实战，得罪了很多同行，长期受到压制，他教出的徒弟甚至不被允许参加省里比赛，积攒了满肚子怨气，有机会就要发泄出来。其他人都表示理解。我不但理解，而且被这个清瘦如鹤、性烈如火的老人深深吸引住了，觉得他身上有股几乎要中绝的气质，这种气质来自于一种悠远深厚的传统。

此后我频频去师父寓中拜访。他住在穿城河边一条老巷中，房子虽不小，却是租住的。他真正的家在河对面，是一栋三层楼房，却被拆掉了。他不肯接受三套房子的补偿，坚持要求另拨一块地，再修一座有天有地的楼房。跟他一样遭遇的旧邻们后来一个接一个服从了命运的安排，住进了安置房。他却不改初衷，多年来一直为这事盘旋。与此同时，他还在撰写一本叫《国术大纲》的书。我头次去他寓中拜访时，他正在修订书稿，桌上还摆着《周易》

和《黄帝内经》。我惊奇地发现他居然能用文言文写作，并真诚地表达了这种惊奇。师父显然颇为受用，跟我聊了一个下午。此后我每次前去，他都蔼然相对，只在谈及某些往事时才现出怒目金刚之相。他太寂寞了。当年追随他的那些少年子弟活在一个不能以武谋生的年代，渐渐为生计所迫，风流云散。为数甚少的同辈知交大多老病，来往日稀。亲戚虽然很多，但能和他深谈的甚少。我于国术所知极浅，对其他传统文化倒还有些心得，师父所说的肌肉若一、守中用中、柔极生刚，我一听便懂，有时还能发挥一二。师父大为高兴，说还是有文化好啊，然后感叹当年那些徒弟很多是在社会上混的，没读过什么书，打架虽然厉害，但理上不明，不能为本门传法。我在他眼中看出了隐隐的期待，便及时表明了自己的期待。就这样，我成了本门第八代弟子。

师父困于老病，以口传为主，状态好时，也会起身示范。在不多的身授中，我感受到了他流水般自如的身法，运动状态中肌肉的高度放松和触碰时的骤然绷紧，还有骨骼如铁的坚硬沉重。我还明白了他肺部的疾病跟他气息深沉有关。气息深沉对身体有大益，但气息深沉又爱抽烟，年深日久便会带来大害。师父不爱喝酒，他只能借烟来消解苦闷，最后导致家里要放台吸氧机。好在他当年因频频顶撞上司，被穿小鞋愤而辞职，此后搞过运输，贩过皮货，成了先富起来的人。虽然楼房被拆，补偿未到，手里还有笔存款，尚能支撑。他的晚年就是在勉力支撑中度过的。支撑着写书，支撑着交涉，支撑着打官司。经过漫长的诉讼，法院终于判赔。政府拨了块居民用地给他。房地产商却迟迟不肯拿出重建资金，每次前去，都是端茶递果盘，然后摆出一副苦相，哀叹资金周转不灵，请求宽限。实在混不过去的时候，便转几万块钱到师父户头上，说是有一点就付一点。师父在有能力将他的办公室砸个稀巴烂的时候，没有动手。毕竟，这早已不是太师祖反掌杀人无须偿命的年代了。等他失去了这种能力，对方没有了忌惮，更是打定主意无限期拖延下去。师父脾气虽大，却有算计，想着把《国术大纲》写完，把身体调养好再去理会。在跟随他老人家的两年多时间中,我三分之一是学拳,三分之一是听他追忆往事,三分之一是和他推敲《国术大纲》文义并参与校对。让我聊以自慰的是,《国术大纲》在师父生前得以付梓。虽是自费出版,但总算了却他一桩大心愿。只是他的身体状况时好时坏,百般调理也不见复原。后来我调往省城,只能在回乡时前去探望。今年端午,他还跟我念叨,说赔偿款的事交给二妹子去办理,快有眉目了。我安慰他说二妹妹是学法律的,应该会有办法的。中秋期间,我带家人去沿海地区度假,想着回来时再去看他,师父却已乘着月色驾鹤西去。师父练了一辈子国术,国术却没能带给他多少好处。但我从未听他有过后悔之词。他的造诣、影响当然远不及太师祖,也不如师祖,但无愧于是他们的嫡传。我给他老人家写了副挽联,师母将其贴在灵堂中:

电掌龙形,早岁鹰扬昭烈胆;
通识远虑,暮年豹隐著真经。

来客们见了，有说写得好的，也有仰望良久默不作声的，还有说老体字看不太懂的。之后他们就踱到外面的坪里，加入了鏖战麻坛的行列。

发表于《作家》2018 年第 1 期
《长江文艺·好小说》2018 年第 2 期、
《新华文摘》2018 年第 8 期转载

直 拳

听说张华被一个流氓给打了,秦猛吃惊得眼珠差点从眼眶中挣脱。张师兄,那可是跟着师父练足了五年的,蹲马步,头上放碗满水,一炷香纹丝不动;赵家拳六十四式可一气打完,动作娴熟流畅得让秦猛感到绝望;身体柔韧性也好,能劈一字马,能并腿折腰摸到自己脚后跟。在秦猛看来,他是可以成为大侠的。如今未来大侠却被一个流氓打伤了,秦猛实在不能相信。他瞪视着莫小宝,仿佛他就是那个流氓。

"你没看错吧?"

"我就站在边上,怎么可能看错?"

"张师兄没还手?"

"还不了手,那家伙太快了,两拳就把张师兄撂倒了。"

"那是个高手。"

"什么高手,就是个流氓,天天在街上乱窜,我认得的。"

"你说他在调戏妇女,怎么当时不报警?"

"报个卵的警。那个家伙打完就行了,那个女的看到张师兄被打倒,也溜了。还是我把他送到医院的。"

"告诉师父了么?"

"他特意叮嘱我莫告诉师父。"

秦猛愣住了,收回目光,伸手去揉太阳穴。

"他是怕丢面子。再说,师父不准我们随便跟人动手。"

"这不是随便跟人动手,是,见义勇为。"

"是见义勇为,但没打赢,传出去还是不好听。"

"我去看看他。"

"你最好莫去。"

秦猛又瞪向莫小宝。

莫小宝眨着的双眼皮层次分明得像割出来的小眼睛,说:"你想想看,他肯定是不想别人晓得。"

"难道就这么算了?"

"我也摸不清他到底怎么打算。"

默然了一会,秦猛说:"你带我去找那个流氓。"

"你要搞清楚,张师兄都打他不赢。"

"我晓得,我就是想看看他的样子。"

"现在到哪里去找?"

"你不是经常看到他在街上乱窜吗?就去那周围找。"

"他说不定躲起来了。"

"你到底去不去?"

"哎呀,去就去,你莫凶我喽。要凶就对那家伙凶。"

"你以为我不敢啊?"

"你敢,你敢。你现在是没出师,要真练成了,泰森你也敢打。"

"练了快两年了,套路还没学完,不晓得要练到哪年哪月去了。"

"张师兄都把套路练得滚瓜烂熟了,不还在练?"

"你说,练套路到底管不管用?"

莫小宝眼睛眨得更快了,却没回话。

"你觉得到底管用么?"

"反正我身体比以前好很多了,起码饭能多吃一碗。"

"那跑步、打篮球,都可以把身体锻炼好,何必来练武呢?"

"你说的也是。"

两人陷入一段沉默,在沉默中比拼着脚力。莫小宝比秦猛高半个头,步幅较大,秦猛却是越行越来劲,脚下如同装了弹簧。两人一气行完半条河西路。上了邵水桥后,莫小宝就慢下来。

"那家伙是怎么出拳的?"

调匀了气,莫小宝说:"张师兄架势才拉到一半,他就照面一拳，打在鼻子上。"

"那是直拳。"

"是冲拳。"

"冲拳不就是直拳！"

"你莫忘记了，师父不准这么说。只有练散打的练拳击的才这么说。"

莫小宝把师父抬出来，秦猛便不敢跟他争。师父，那可是公认的高手，留着一字胡，穿着唐装，坐立腰板都笔挺，手里还常揉着一对墨绿色玉球，像极了电影里的武林宗师。有人说看见他半夜三更起来练功，点一下脚就飞过穿城流淌的邵水河。还有人说他能隔山打牛，伤人于无形。虽然学了快两年，轻功和隔山打牛还没看到影子，但秦猛心里尚存着希望。当初他没有去练拳击或散打，而是执意进了赵家武馆，就是太想成为电影中那些飞檐走壁、发射内气伤人的高手。只是想到张华已跟了师父这么多年，却明显还没学到绝技，秦猛难免沮丧。

"他就是在那里被打的。"

顺着莫小宝手指的方向,秦猛头往左转,目光射向"步步高"商场前的小广场。广场之名虽然有点名不副实,但有时商家在其右侧搭个小舞台请来草台班子搞促销表演,前面空地还可不疏不密地站上百来个人,其他人也能穿插着进出商场。

"当时人多不多?"

"也不算少,也不算多。反正一动手旁边的人就退开丈把远,围起一个圈。"

估摸着当时场景,秦猛觉得就算旁边的人还没退开,张华还是有躲闪回旋的余地,毕竟,不是挤在公交车上,怎么就被一拳打个正着呢?就算没提防挨了一拳,也还有还手的机会,怎么两拳就被撂倒呢?难道那家伙的拳这么快,这么狠,当得半个泰森?

"你想进去?那家伙肯定不在里面。"

把头转过来,秦猛加快了脚步。过了"步步高",旁边是新建的文化市场,一条窄坡上去,两边大多是旧书店,到了上面高地,便横陈着不少古董铺、画廊、装裱店，还有几家茶馆。秦猛想着那个家伙也不会去这种地方闲逛，便径直往前行。前面也是上坡路，他尽量挺着身板。练武就得有个练武人的样子，师父这句话已经烙在他身上。看到莫小宝行得有些松松垮垮，秦猛就横了他一眼。不过横再多眼也没用，莫小宝就是这样，行路松松垮垮，练拳也是松松垮垮。不过他嘴巴甜，主意多，这两条秦猛没有。他俩住在一条街上，小学和初中是同学，读技校又是同学。秦猛学武，他也非要跟着一起拜师。起初是利用课余时间学，后来发展到逃课练武，他也跟着秦猛一起逃，练得又不太认真，其实就是找个借口玩。莫小宝脾气好，愿意跑腿，其他师兄有什么事也会唤他，在武馆里算是混了个好人缘。秦猛有点愣，反而没他那么招人喜欢，师兄中张华算是对他最好，曾公开表扬他刻苦，身上有股横劲，将来练得成。张华这么一说，其他师兄对他的愣也就宽容了。所以张华被打，秦猛除了惊诧，还有愤怒和心疼。

到了坡顶，是个十字路口。秦猛犹豫了一下，便往左拐。这条路上列着许多木器店，还敞着花鸟市场的入口和文化市场的正门。路面坑坑洼洼，车子驰过，会掀起一阵尘土。行到转盘处，两人往左拐下来，没多久就到了河东路。往前行上两百米，旁边是张家冲，里面巷子套巷子。秦猛没来由地觉得那家伙就住在当中某条巷子里，遂带着莫小宝一头扎了进去。

两人脚步不自觉地都放慢了，如两尾鱼在巷中缓缓游动，不时甩头摆尾，左顾右盼。这些长长的老巷有种让人慢下来、静下来的力量。这慢和静中又含着一点说不清道不明的紧张，仿佛某个拐角处藏着什么意外，冷不防就会像只猫一样无声无息地蹦出来。秦猛甚至觉得那个坐在竹靠椅上的玄衣老人可能就是个高手，手中那杯茶随时可以当暗器发射出来，忍不住多看了几眼。但老人的目光只是在他脸上如水一样漫过，然后又静静地淌向别处。瞬间他在秦猛眼中又变回一个普通老人，于自家门口闲坐而已。这种感觉让秦猛有些发蒙。他揉了揉眼睛，带着对自己的不满，往前跨出几个大步。这几大步还真管用，他又进入了简单、生猛的状态。莫小宝跟上来。秦猛对他下了命令,你看到了就扯我衣角,然后目光直直地捅向前方,再不乱瞟。

莫小宝眼睛仍然四处转溜,显然在忠实执行命令。他觉得秦猛如果是司令,自己就是参谋长;秦猛如果是帮主,自己就是军师。他很乐意把自己摆在这种位置。秦猛肯定不如自己脑瓜灵,但人家说干什么就干什么,甚至还没说就干了起来,这份气概,莫小宝也很清楚自己是肯定比不上的。更何况秦猛拳头比自己的硬得多。无论是在街上还是在技校,一百张巧嘴也当不得一对硬拳头。这个理,莫小宝很早就用身体悟通了。

穿过一竖长巷和两弯短巷,到了一横小街上。往左通往东风路,往右是弯得像把超长镰刀的高家巷。莫小宝把目光投向秦猛,等待他的转向。秦猛却行到一个卖糖油粑粑的小摊边,也不问莫小宝,就要了两份。一份三元,盛以塑料小碗,里面叠放着三个软塌塌、黏糊糊的糖油粑粑。糖油粑粑得趁热吃。两人站在街边,各用竹签挑起一个,趁糖油汇聚在粑粑边缘将落未落时，仰头咬下小半截来。

"就只有这糖油粑粑，还是跟小时候一个味道。"莫小宝感叹道。

"那还有烤红薯，还有牛肉粉。"

莫小宝正想说牛肉粉的汤没有过去那么浓，码子也没有那么厚的，却紧急抿住嘴，目光定在两丈多远的小粉店旁。粉店门口摆了两张油油的小方桌，只有一个人在吃粉。莫小宝看准了，便把目光调向正望着自己的秦猛，用竹签对着那人指了指，眨眨眼睛。

秦猛点点头，继续嚼糖油粑粑，边嚼边瞟。那人穿着件白色休闲西装，头发吹得蓬松，这是在走飘逸型的路线，但他的身板壮实，沉沉的，像石头，跟其着装和发型所彰显的追求形成奇特反差。嚼完第一个粑粑后，秦猛把碗递给莫小宝。虽不明白他要干什么，莫小宝还是接了过来，然后看着他向粉店行去，眼睛睁圆到自己都想不到的地步。

在另一张桌子边坐下，斜对着那人，秦猛叫了份大片牛肉粉。还没坐下时秦猛就感觉那人瞟了自己一眼，但他假装无感，坐下后，点根烟，才假装随意地将目光漫过去。那人头发往后梳得溜光，颧骨和鼻子都高，骨骼粗大，一双正常的木头筷子被他拿在手里，显得纤细。他有没有练过武，秦猛还拿不准，但力气大，那是能确定的。老板在灶台后喊，粉好了。秦猛起身去端，重新坐下后，发现那人放了筷子，心里不禁一凉。好在他并没有走，而是跷起二郎腿，点了根烟。他跷二郎腿的时候，秦猛就想着这时如果在他身边，可以趁机出拳。但这是流氓的打法，是被师父严厉批判的。其实从小在街头学到不少这样的打法，但进了武馆后，他才晓得，这类打法是高手所不屑的。他只有把这些东西藏起来，像狐狸把尾巴掖进衣服里，以便向高手的光辉行列迈进。那时他坚信师父是对的，但练着练着，这条尾巴变成了疑惑：如果不能打，动作再标准，再好看，又有什么用？等到听说张华被打后，这疑惑简直呼之欲出，却又无人解答。秦猛再次把目光投向那个流氓，似乎想从他身上找到答案。

这时有个衣服花哨、头发染出一片金黄的家伙晃了过来，喊了声宋哥，就在旁边坐下，也掏出烟来，一边抽一边抖腿。

"听说你在'步步高'那里跟人打了一架？"

"一个管闲事的卵人，我两拳就撂翻了。"

"听说那人还摆出个架势，好像是练过武的。"

"他不摆架势还倒得没那么快。花拳绣腿，不练还好些。"

"嘿嘿，练得再好，到了你面前，那还不是一样挨打。宋哥，你不去参加搏击比赛，真是可惜了。"

"我是打野架打惯了的，你要我戴着两个套子，又是这里不准打又是那里不准打，我都不晓得怎么打。"

"那些外国拳击手，好多是打野架出身的，训练一下就习惯了。"

"算了，我要惯了，去找那份罪受干什么？"

"嘿嘿，那是，人活着就是要多耍下。温姐那个店子里新来了个妹子，嫩得出水，骚名堂也多。"

"哦。"

"去看下么?"

宋哥笑了笑,笑容中有说不出的淫邪。他一手弹了下烟灰,一手叉开把头发往后梳了两下,便站起来。"金头发"也跟着起身。秦猛发现他和宋哥都喜欢晃着身子行路。直到他俩没入一家门口亮着粉红色灯光的小发廊,秦猛还没收回目光。莫小宝从旁边的小商店里钻出来,喊了他两声,秦猛才回过神来。见他神色凝重,莫小宝倒不说话,等着他开口。但在回去的路上,秦猛嘴巴闭得铁紧,只顾甩开膀子往前冲,仿佛要甩掉些什么东西。莫小宝绝不认为自己属于被甩掉之列,咬着牙提起气勉力跟上,即使想主动询问秦猛,也难以架开嘴巴。

接下来的几天,秦猛在课堂上发愣,唯一上心的汽修课也是如此;在武馆里也经常发愣,练套路的时候明显提不起劲,形同木偶,被记忆牵着完成固定动作而已。好在这一阵练武并非武馆的重心,大家都忙着为赵振武的纪录片做准备。张华本想躲几天的，却被赵振武一个电话召来了。尽管他低着头，赵振武锐利的目光还是在第一时间戳到那些尚未完全消退的青肿之处。

"跟人打架了？"

"嗯。"

赵振武沉默了片刻。秦猛的心也绷了起来。

"没受内伤吧？"

"没有。轻伤。"

赵振武嗯了一声，接着向他分派了任务：带几个人把大厅重新布置一下。

松了口气，几乎在同时，秦猛心里涌起一股失望，溢出了眉眼。好在赵振武没注意到。

所谓重新布置，先是将悬挂在左侧墙上的"尚武精神"取下来。赵振武请市书协主席重新写了四个大字："以武养生"。"尚武精神"是用颜体写的，有种让秦猛觉得很顺眼的威猛厚重。"以武养生"是用大王体，龙飞凤舞。秦猛也不敢说写得不好，只是觉得飘了点，甚至，有些花哨。至于字的内容，秦猛更是觉得新不如旧。练武是为了养生吗？实在搞不懂。但赵振武要换，他没有插嘴的余地。在大厅右侧，要新挂一幅画，是市美协主席的大作：老子骑牛图。秦猛对老子不熟，望着这个神秘兮兮的白胡子老头，觉得无论是画幅赵子龙还是岳飞，都比挂这幅图要靠谱。至于中堂，供奉的是太师祖和师祖的遗像，也就是赵振武的爷爷和爸爸。这是谁也无法挑剔的。只是遗像的框要换，用紫檀。

装裱和换框都得去文化市场。张华把武馆的"五菱之光"小面包车开出来，秦猛和莫小宝各捧一幅遗容，钻了进去。秦猛喜欢车，在技校学了两年，文化课一塌糊涂，开车和修车倒有了一定火候。他觉得张华开车动作不流畅，却又只能闷在心里，任由张华把车开得一顿一顿的。张华性格爽朗，跟师兄弟们在一起，总是有说有笑，这会却默不作声。莫小宝也不知该如何打破这份沉闷，只能和秦猛一样憋着。

到了文化市场，在几家店子转了转，他们才弄明白装裱和装框是分开的。张华还加了点价,让两家店都把活往前面排。本来可以回去的,下午再来取,但张华不放心,非要守在这里,秦猛和莫小宝只好陪着他。中饭就在市场旁边的小摊上打发了。三个人都点了蛋炒饭。张华不沾酒,莫小宝跑到小超市买了三瓶红牛,说是算他请客。张华说,要你请做什么,到时一起报账就是。莫小宝挠挠头,嘿嘿一笑。

第二份蛋炒饭端上来后,秦猛埋头就扒。

张华瞄了他两眼,忍不住问:"猛子,你没什么事吧?"

秦猛抬头看着张华,摇摇头,又埋下去扒饭。扒了两口后,他对着塑料碗说:"师兄,你应该打得那个人赢的。"

张华一怔,然后脸色沉了下来。莫小宝连忙也低下头去。

"我去看了那个人,他身体素质其实没你好。"秦猛对着蛋炒饭说完,才抬起头来。

张华把瞪向他的视线挪开,望向远处路口。过了好一会,他才叹了口气,说:"我也不晓得怎么就输了。"

"我晓得。我们老是练套路,打得太少了。"

"师父说得很清楚,练好套路后再练对接,练好对接后再练实战。"

"问题是套路还要练好久?是不是要练五百年?"

"你行路还没行稳就想跑了?"

这句话是赵振武常说的。秦猛辩驳不了,他只是隐约觉得,这不是行和跑的关系。但到底是什么关系,他说不上来,只好重新埋下头去。

"猛子,你这些话跟我说说没关系,不要拿到武馆里去说。"

"你放一百二十个心,他只会跟我们说的。"

张华瞪了莫小宝一眼,把他的鬼笑瞪回去。莫小宝赶忙举起红牛,却发现已喝得一滴不剩。

到了下午两点多,全部活计完工。回到馆里,为了把书画挂正,三人折腾了好几次。等到赵振武终于点头认可后,他们又把会客室中那张红木书案搬出来,横在左侧墙下,再布置一番。案上站着笔架,卧着砚台,还展放着一幅书法作品,用铜镇纸压住左右两端。那是赵振武向市书协主席学习练字的最新成果,是首古诗,也是飘着写,像打醉拳。师兄弟们围在案前,有的说写得好潇洒,有的说比墙上那张要好看,有的说,师父,你又成书法家了,另一个接着说,这叫文武双全。赵振武揉着玉球,满脸蔼然。秦猛站在外围,一言不发。

过了两天,有几个人扛着摄像机来了。同时出现的还有一个中年人,肥头大耳,光头锃亮,穿着唐装,手腕上缠绕着两条手串,其中有条还垂下杏黄色璎珞。赵振武称他为孔总,弟子端茶上来,他亲手把茶接递过去,孔总泰然受之。莫小宝退下来后,又站着看了一会,便向秦猛耳语道:"这个孔总应该是个大角,那些电视台的人都看他眼色呢。"

秦猛哼了一声,心想:"这里是武林,你身上又没有功夫,凭什么在这里充大角?"

仿佛是在回应秦猛的质疑,孔总干咳两声,端坐在太师椅上,做了一番训话。

"我和赵师傅正在联手打造传统武术养生文化,你们呢,要把赵家拳的养生内涵表现出来,要全面,要深刻,要生动,就跟上次拍我的企业文化一样。当然,赵家拳是传统武术中的,一朵,一朵怒放的奇葩,赵师傅是我市和我省,乃至全国著名的武林高手,这是一个大的基础,是根本。要在这个基础上表现养生文化。你们搞的那个方案我看了,认真学习了,做得很好,基本上符合我跟赵师傅的要求。希望在实际的拍摄过程中,就我说的那些方面,还能够有更精彩的发挥。"孔总顿了一顿,转头对端坐在八仙桌那侧的赵振武说,"赵师傅,你看还有什么要补充的?"

"孔总,你刚刚说的,正好是我想说的。"

孔总哈哈一笑,宣布拍摄开始。

赵振武缓缓起身,下场演示赵家拳。他先对着镜头解说:"赵家拳有两种。一种是赵家古拳法,六十四式,是从我爷爷手里传下来的。赵家武馆有两次在全省传统武术比赛中获奖，就是这套赵家古拳法。一种是赵家养生拳法，三十六式，是我在赵家古拳法的基础上，融合道家养生功法创立的，今天，是我第一次公开演示这套拳法。"

众弟子都是头次听说还有这套拳法，有的兴奋地扯长脖子只盼着看个新鲜，有的目光中更增崇拜之色，有的脸上掠过一抹茫然，有的瞟向四周观察旁人的反应。莫小宝看到张华满脸严肃，目不转睛，又去睇秦猛，他也是目不转睛，不过不像是在认真观察，倒像在发呆。晓得他有时看似发呆，其实却是在观察，有时看似在观察，其实却是在发呆，但究竟处于哪种状态，莫小宝也难以判断。不想跟其他人交换眼色，他调转目光，聚焦在赵振武身上。

秦猛还没学全赵家拳六十四式，但能看出这套赵家养生拳实际上还是赵家拳，只不过起式由"抱拳拉弓式"改成了双手环抱胸前再缓缓下蹲；大部分低架改成了高架；所有陡然发力的激烈招式都变得和缓，或者干脆去掉；六十四式精简为三十六式，还掺进了几个明显属于气功导引的动作，里面有个双手上扬回旋下降的招式，秦猛甚至觉得像舞蹈。赵振武打出这个动作时，秦猛顿生怪异之感，脊背竟有点发凉。好在总的来说，赵振武打得很稳，收放自如，给人的感觉是每个动作、每种变化都是在他的准确控制之中。秦猛很希望师父能表演一下隔山打牛，或者突然飞起来，让弟子们和全省人民一起领略赵家拳的最高境界。但赵振武竟然放弃了这个大好机会，一门心思紧扣养生主题。他打完之后，脸色愈见红润，对着镜头露出惬意的微笑。即便不用解说，观众们大概也能领会到此拳确实深具益寿延年之神奇功效。

弟子们还来不及鼓掌，大门外飙进一声冷笑。

"这是什么乌龟拳！赵振武，你还敢在师祖和师父的像前耍这种把戏，真的是不怕丢先人的脸！"

众人均大惊失色。秦猛心头一震，望向门口。当先一人身形瘦小，一对大眼亮得像两盏灯；身着蓝中有些泛白的中山装，两只裤脚挽起，一只高一只低；脚蹬一双旧解放鞋，却是没穿袜子。背后跟着三个年轻人，都像是刚在地里干完活才行出来的。

脸上一阵红一阵白,最后全然转黑,赵振武死死盯着这人,喝道:"霍青白,你发什么神经?"

"我没有发神经。我只是听说赵师兄要在电视里面表演我们的赵家拳,特意赶过来看看,没想到看见的是这种把戏。"

"你也晓得我是你师兄哦。你眼里还有我这个师兄么,还有师父么?"

"我眼里怎么会没有师父?我这身功夫都是他老人家手把手教出来的,这一世都记得。倒是你,当时跟体育局那帮人打得火热,学到他们那一套,反过来嘲笑师父是土把式,动作不好看,把他老人家都气出病来了。"

"霍青白,你不要在这里胡言乱语!"

"我胡言乱语,你敢把师母喊过来么?我们就在这里当场对质。你做的事,别人不晓得,我还不晓得。赵振武,我忍你很久了。只是看在师父和师母面上,没跟你计较。现在连我教出的徒弟想到省里参加比赛,你都拦住不准，你做得太过分了！"

"好笑，人选是体育局定的，我有什么资格准哪个不准哪个。"

"哪个不晓得你跟体育局是一个鼻孔出气。下届武协主席已经定了是你。你凭什么，还真的以为是凭你的功夫？"

"你这个人，真的是不识好歹。要你当常务理事，你不肯当。你要是当了，下一届你就是副主席了。我这个当师兄的，没有哪里对你不住。"

"好笑，凭我的功夫，就当个理事，你也好意思说得出口？"

"你莫以为自己功夫已经练到顶了。"

"我是没练好，不过比你强。你敢不敢在这里跟我比一场？"

"我还怕跟你比？现在我有正事，等哪天有空，我请金局长和刘主席做见证，正式跟你比一场。"

"你莫今天推到明天，明天推到后天，要比就现在比。这么多人在这里,都带了双眼睛,都可以做见证。"

秦猛血液奔腾,目光投射到赵振武脸上。他脸板到不能再紧,嘴巴都有点歪了,却没有立刻回话。

孔总突然哈哈一笑,踱到霍青白面前。

"霍师傅,你们师兄弟,有什么话不能好好说?"

"你是哪个?"

"我是赵师傅的好朋友。我早就听他说过,你也是得了真传的。今天是你师兄的好日子,你不看他的面子,也要看你师父师祖的面子。你们两个要是在赵家武馆打起来,传出去,那其他门派的人都要当笑话看。"

"你莫拿话来将我的军。一句话,敢打还是不敢打?"

叹了口气,孔总说:"你师兄说你是头犟牛,看来一点都没说错。"他又摇摇头,和赵振武交换了一个眼色,背着手转身往回行,却没有落座,而是穿过大厅后门,进了会客室。

秦猛在心里喊道:"打啊!师父,你就跟他打一场啊!"

张华行了出来，抱拳对着霍青白鞠了一躬，说："霍师叔，师父正在拍电视。这是在宣传本门的功夫，你老人家想必也不会反对。要不你先坐，有什么事等拍完了再说。"

霍青白瞪视着张华，说："你又是哪个？"

"我叫张华，是师父的徒弟。"

"哦。你师父要是不敢比，你敢不敢跟我徒弟比一场？"

张华踌躇起来，望向赵振武。

赵振武凛然道："赵家拳现在是归我做主，我说今天不比就不比。霍青白，你要么就坐在这里看，要么就回去等我派人通知你比武。"

"你莫在这里跟我摆掌门的派头，论才论德，你都不配。"

"我配不配，是体育局和武协说了算，由不得你在这里乱说。"

这时从摄制组里摇出一人，戴顶花纹横溢的布鸭舌帽，两片薄嘴唇红润得像涂了唇膏。他笑嘻嘻地说："霍师傅，我看这样，你也来套拳，就来那套，赵家古拳法，我们拍下来，和赵师傅的一起播出，这样不就全了么？"

"你又是哪个？"

"我是导演。"

"你懂武术么？"

"这个，我虽然没正式练过，但也算是中国传统武术的推广者嘛。"

"你又不懂，推广个屁！我告诉你，赵家拳从来就只一套，哪有两套？真正的武术也不是用来表演的，是用来打的。"

"霍师傅，你这个话我就不能同意了。赵家拳到底有几套，应该由掌门说了算。至于武术不能表演，那我就更不好理解了。全国的武术比赛，都是套路表演，要想打，那你老人家就去参加散打比赛，拳击比赛。"

"呸！武术就是你们这种人带歪的。搞得真东西都看不到了，台上只剩下些花架子。"

导演笑容彻底凝固,却又不敢发火,站在那里进也不是,退也不是。

"钱导,你莫跟他浪费口水了。他就是个死脑筋,跟不上潮流,跟不上时代。"

霍青白头发都炸了起来,指着赵振武说:"哪一朝哪一代,武术都是讲打的,不是讲好看的。"

"你能打,没看到你去跟泰森打!武术,是要讲修养的,你看看你这个样子,哪像个练武的人?"

人群中迸发出一片讥笑。秦猛却没有心思附和,只是想:"师父说这么多废话干什么,动一次手,什么都解决了。"紧接着他蹦出一个念头:"师父莫非是怕跟他动手?"这念头把他惊得朝四周瞅了瞅,好在大家都望着场内,没有人来理会他的心思。

"你莫跟我提什么修养?我还不晓得你,人前一套,背后一套。你装什么装?"

往门口瞟了眼,赵振武慢慢地挽起袖口,然后说:"霍青白,你血口喷人,不识好歹,看来我今天不教训你一下，你是不会懂味的。"

"你只管放马过来，看哪个教训哪个。"

摄像师连忙把机子连同架子往后扛。整个人圈也迅速变大了。秦猛两眼放光，血液又一次迅速跑动起来。

"武伢子，青伢子，你们两个在做什么？"

一位中年妇女搀着位老太太进来了。霍青白扭头看了一眼，整个身体随即转了过去，仿佛是一个动作。他流水似的迎了上去，叫声师母，却没理会中年妇女。

赵振武也跟了上去，说："娘老子，你怎么来了？"

没搭他的话，赵家老太太只是对霍青白说："好久没看到你喽。"

"师母，我不好上门，不过心里是挂着你的，还派人给你送过几次菜，不晓得你收到么？"

瞟了旁边的中年妇女一眼，赵家老太太说："收到了，收到了。难为你心里还挂着我。"

"师母，你坐下来说。"

"我不坐了，你陪我回去扯白话。"

霍青白愣住了。

"你也不听我的话了？"老太太本就有几分愁苦的形容变得凄切起来。

"不是的。是……"

"我喜欢清静，这里人多，我站不惯。有什么话，回去你再跟我慢慢细细说。"老太太说话一多，一急，似乎有点接不上气，开始微喘起来。霍青白下意识地去搀扶她另一边。才扶上，中年妇女就松了手。

老太太转身朝大门口挪去。霍青白只有随着她的步子行，回头对着赵振武剜了一眼。赵振武视而不见，也没挪步。那妇女回头看了他一眼。赵振武对她往外甩了甩手。她嘴巴一撇，也跟着去了。

孔总不知何时又出现了，脸上浮起一堆笑容，口里道："继续，继续。"

摄制组又忙碌起来。弟子们继续观看，张华和另外两个师兄被安排表演和接受采访。莫小宝明知轮不到自己，却把脖子扯成鹅形，胸脯挺成鸡状，希望摄像机能一不留神把自己的光辉形象扫进去。秦猛却缩在人群后面，后来干脆偷偷溜走了。

此后一段时间，武馆里弥漫着怪怪的气氛。大家在表面上都闭口不谈那天霍青白来挑战的事，仿佛没有发生过一样，但许多人都在私下里议论。莫小宝是包打听的性格，搜罗到不少情况，攒成一个大包，抖搂给秦猛：

这位霍师叔住在五里牌，是个菜农。原来那里是满满的菜地，现在变成了城乡接合部，有一个热闹集市。他就住在集市上，还是靠卖菜为生，其他时间都用来练武，也收了几个徒弟。据说当年在师祖门下，他是最喜欢跟人动手的。师祖跟师父性格不同，三句话不对头就要跟人打。但是来踢场子的人里面，有的没有名头，有的一看就晓得功夫太差，师祖跟这些人动手，有失身份。凡是出现这种情况，霍师叔总是抢着出场，打赢打输都不在乎，只要有得打，就兴高采烈。师祖年纪渐渐大了，也要个这样的人挡在前面，又担心他碰到真正的高手，堕了赵家拳的威名，时不时给他开个小灶。除了师父，他是小灶开得最多的，赵家拳的真传，起码是得了九成。但他性格很拗，脾气又躁，也不太把其他师兄弟放在眼里。等师祖过世后，大家渐渐地不跟他来往了。师父倒是还跟他有联系。原来师祖只是在公园里开场收徒，赵家武馆是在师父手里办起来的。开馆后有几年，他没事会来馆里坐坐。有两次外地的硬手上门来喊着要切磋，还是他出面对付的。赵家武馆能够立起来，他也算是有功劳。但后来他跟师父闹翻了，两人关起门来大吵了一架，就再也没看到他上门了。至于为什么闹翻，那些师伯师叔们都不肯说，当年的那些师兄们也弄不太清楚。师父从此几乎不提他，偶尔谈到，也只是说，他练一辈子，也就是个打手。

听到这里，秦猛摇摇头。

"这样说人家，也没有什么道理。"

莫小宝吃惊得连小眼睛都眨不动了。

"功夫就是打出来的。打别人不赢，算什么高手？"

"那没练过武的，乱打打赢了练过武的，也算高手?"

"打也是练,而且是最有用的练。"秦猛话一出口,自己也愣住了。过了片刻,他一拍脑袋,叫道:"我悟通了!就是这么回事!"

见他那双大三角眼仿佛燃烧起来,莫小宝莫名地紧张,往后退了一步。秦猛几乎是紧跟着进了半步。莫小宝还没反应过来,拳头就到了他的小腹上,一沾就回。

"这是什么拳?"

"管他什么拳,能把人打倒就对了。"

"我觉得你还是想得太简单了。"

"我就是喜欢简单,直接。"

"那是你做人的风格,是你的性格,跟练武不是一回事。"

"打拳也是做人,就是要把自己的性格打出来。"

"嗯,这句话还有点意思,像个哲学家说的。"

"什么鬼哲学家,其实是很简单的道理,用脚都可以悟清楚。"

"那你以前怎么没悟到？"

"以前，以前其实我也悟到的。"

"什么时候？"

"就是我们读初中在街上跟人打架的时候。只是我那时没意识到。"

"你又说悟到，又说没意识到，我都不晓得你在说些什么。"

"哎呀，我也说不清，不说了。练武去。"

赵振武很少出现在大厅，他不是在会客室喝茶、练书法，就是在后院指点几个入室弟子。张华现在也转到了后院——赵振武终于开始传授他对接。以前秦猛要是没看到张华，劲头就会略减。但现在他倒觉得张华不在面前还好些，自己想怎么练就怎么练。其他师兄弟都在翻来覆去练套路，力求把动作练得标准，有机会去省里参加比赛。这套标准是赵振武定下来的，他还请人拍成录像，在大厅里反复播放。秦猛以前也经常站在屏幕前观看，矫正自己的每一个动作。但现在他瞟都懒得瞟，也不打套路，只是躲在一侧反复练习上步、出拳、后撤，如果说有什么变化，那就是不断调整角度，从正面、侧面和上、中、下三路发起进攻。

有人问他："你怎么不练套路了？"

秦猛变出一个单招，说："我在拆开来练。"

那人虽然还目露狐疑之色，但晓得他的脾气，没再追问。

莫小宝跟人聊天的时间比练拳多。等到连后院的师兄们都行得差不多了，秦猛和他偷偷溜了进去。张华还在和人练习对接。

莫小宝看了一会，说："这可以直接拍电影了。"

秦猛没吭声，又盯了一阵，就行到沙袋前，左一拳右一拳，打得打性发了，还绕着圈打。莫小宝也上来打了一会，然后甩着手腕行开了。

等到对练的人走了，张华拿条白毛巾，一边抹汗，一边往秦猛这边瞄。秦猛显然是打上瘾了，丝毫没有收手的迹象。

张华行了过来,说:"猛子,要关门了。"

秦猛又打出一拳,才收了手。

"你套路还没学全呢,就这么猛打。"

"嘿嘿,我打着好耍的。"

赵振武早就离馆,把钥匙甩给了张华。张华反锁大门后,还要把钥匙送到赵振武家中。秦猛和莫小宝要陪他去送,他却说:"你们快回去吃饭吧。"

看着他大步远去,莫小宝说:"他要是练成对接,打那个流氓就没问题了。"

秦猛不应,眼神有点黯淡。

"难道你觉得对接也没用?"

"你看了他们练对接没有?"

"看了。"

"那都是规定好的动作,你打我哪里,我怎么接,两个人事先都晓得。真打起来,我打你哪里,你晓得吗?"

莫小宝挠挠头,过了一小会才说:"我觉得还是有用。要是练熟了,别人打你哪里,你自然就晓得接。"

"是吗?反正我觉得有点像在背标准答案。"

"有标准答案还不好?"

"问题是动手的时候,没有标准答案。"

"你又开始像哲学家了。"

"你才像哲学家。"

"哎呀,有话好好说,莫动手啦……"

"我打爆你这个哲学家!"

莫小宝往前跑去,秦猛在背后追。打闹了一阵,就看到离家不远的街口。

秦猛练得有感觉,劲头比以前更大,一有空便往武馆扎,瞅着机会就打沙袋。师兄弟们在背后议论,说他不像是练赵家拳,倒像在练散打。莫小宝有些担忧,思来想去,还是告诉了他。

秦猛把头一昂,大声说:"我哪里不是练赵家拳了?在赵家武馆练的就是赵家拳。"

莫小宝只有苦笑,随即醒悟到他说这么大声,是给其他人听的。

赵振武没有听到,但有人跟他汇报了。他行出来,远远地望了一会,就皱起眉头,把秦猛喊到面前。

"你在练什么?"

"练拳。"

"什么拳?"

"赵家拳。"

"你这也叫赵家拳?"

"我是拆开来练的。"

"拆开练也不是这样练的,你也没到拆开练的时候。在我这里学武,就要老老实实练,一步一步来,莫还没行稳就想跑了。"

秦猛动了动嘴唇,最终只是嗯了一声。

"你把学过的套路给我练十遍。"

赵振武指派了一个师兄盯着他。秦猛还没练完一遍,那师兄就讥笑不断,说这个动作不标准,那个动作太丑。秦猛收了手,盯着他。

"你还不快练,还有九遍。"

"你莫嘴巴多。"

"你还敢跟我发脾气,信不信我去告诉师父。"

秦猛眼珠开始往外鼓。

"你敢跟我动手?你只要动一下,信不信我把你的屎都打出来?"

秦猛上步俯身就是一拳。师兄还没想好怎么招架,小腹就一阵剧痛,差点喷屎。

莫小宝看得呆了,过了片刻,才冲上去,把秦猛往外拉。另外一个师兄想拦,却被秦猛手一指,眼一瞪,竟立刻就气馁了,事后想起,觉得莫名其妙,又气又愧。

出了门,莫小宝一路小跑。秦猛不怕其他人,就怕被赵振武抓住再训一顿,所以也跟着跑。跑出半里路,看看后面没人追,两人才停下来。

莫小宝捂着胸口,说:"我的心脏都快弹出来了。"

"才跑了这么一下,你就受不了?"

"不是,我是替你着急。"

"替我急什么,我都不急。"

"你不急?闯出这么大的祸,看师父怎么收拾你!"

"我不到馆里去就是了。"

"你不练了?"

"练,没人教,我自己练就是。"

"你好像很有信心一样。"

"刚刚出那一拳,我就晓得练对了。"

"魏涛比你高,又比你练得久,你一拳就把他打得还不了手。你怕是真的快成高手了。"

"他是没练对。"

"他是跟着师父练的,怎么没练对?"

"嘿嘿,师父,只怕是没教对。"

"你真的是个暴脑壳,这样的话也敢说。"

"我只是实话实说。你想想看,师父要是教得对,他怎么会打我不赢,张师兄又怎么会打那个流氓不赢?"

"师父说功夫是要慢慢出来的,首先基础要打牢。"

"张师兄基础打得还不牢,功夫在哪里?师父只怕是哄我们的。"

莫小宝快速地眨着小眼睛,却找不出他这话的破绽。他睨着秦猛,见他容光焕发,仿佛刚洗了个痛快的热水澡,暗想:"这家伙真是不一般。"

傍晚时分,秦猛还没吃完晚饭,莫小宝就行进门,说张华来了。秦猛狠扒了两口,把嘴一抹,便往外行。

秦母在桌边喊:"你到哪去?总要把饭吃完。"

"我出去打个转就回。"

张华站在对面街边。秦猛穿过街面,喊了声师兄。

"你还当我是师兄?"张华的目光直戳过来,半是恼怒半是痛心。

几个在街上溜达的小青年以为是要打架,围了过来,对着张华横眉拤袖。

莫小宝连忙说:"没事,没事。这是我们师兄。"

秦猛说:"你们先行开,我们要谈点事。"

这几个小青年却没有行远,而是蹲在不远处,竖起耳朵。

莫小宝说:"我们到河边去谈。"

出了街口,就是河西路。斜对面的水泥亭已被吃完饭出来散心兼消食的大爷大娘们占据了。他们沿着亭旁水泥台阶下到河岸边。

"你敢在武馆打架,打的还是师兄,你说你闯的祸有好大?"

"是他先惹我的。"

"他没错,他是帮师父监督你。"

"他说话太难听了。"

"难听你也要忍着。这点气都忍不了,还想学什么功夫?"

秦猛本是勾着头的,这下却抬了起来。

"师兄,你学了这么久,你自己悟一下,到底学到什么真功夫么?"

"秦猛,你这话是什么意思?"

抿着嘴,秦猛把目光投向河面。

"哦,你是看我没打赢那个流氓,就怀疑赵家拳了,就怀疑师父了?我告诉你,就算我现在打他不赢,等我功夫出来后,打他十个都没问题。我们练的是正宗的传统武术,功夫出来得慢是真的。但慢有慢的好处,练成了,一辈子都在身上。这个道理,师父跟我们说得很清楚。"

咬咬牙,秦猛说:"那师父怎么不敢跟霍师叔打?"

一时被噎住了,张华跺了跺脚,才把话从胸口跺出来:"怎么是不敢打?师父是个做大事的人,轻重缓急分得很清楚,那种场合,他怎么会跟霍师叔打?我晓得你佩服霍师叔。霍师叔是把硬手,那没错,但说到气度修养、待人接物,跟师父比起来,那就差得太远。"

秦猛心想:"要是打别人不赢,气度修养顶个屁用?我们是练武的,又不是耍嘴皮子的。"但看到张华气愤的样子,他还是把这话勒在嘴里。

"别人没说错,你就是个拗脑壳。你要是想拗下去,就莫来武馆了,学费也没得退。你要是还想学呢,就要认罚。"

莫小宝细声细气地问:"师兄,要怎么罚?"

"在师父面前跪下做检讨,还要跟魏涛赔礼道歉。"

见秦猛木然不应,莫小宝笑嘻嘻地说:"师兄,他这个拗脑壳,一时半会还转不过来。你特意过来,辛苦了。我请你们去吃烧烤,先消消气,有什么话再慢慢说。"

"他要是脾气有你一半好就好了。"张华叹了口气,"烧烤我就不吃了。我还有事,要回去了。秦猛,你自己好好悟一下,尽快给我回话。"说完,见秦猛低着头不吭声,他又跺了一下脚,快步离去。

"秦猛,你莫拗了。"

秦猛蹲下去,望着河面。莫小宝也蹲下去。河水在越来越沉的暮色中闪着波光,像无数的眼睛眨动。莫小宝时而眨着眼睛,时而瞟一下秦猛。秦猛瞪着眼,像是要用目光捅破这沉沉暮色,捅穿这比暮色更沉的河流。

也不知过了多久,秦猛慢慢站起来。

"行起!"

"到哪去?"

"跟我行就是。"

他们上了台阶,往左拐。沿河西路行了三百多米,左转上了青龙桥。过了桥,沿东风路直行五百多米,右拐插进通往高家巷的小街。擦过粉店,往前行五十多米,驻足在一片粉红前。这里有三家小发廊,皆是闸门高卷,玻璃贴花门半开。里面都坐着一群女子:打麻将的,边吃零食边看打麻将的,修指甲的,对着贴墙长镜修眉毛或察看脸上痘痘的,就是没有理发的。

莫小宝咽了下口水,看着秦猛。秦猛站在门口,两腿变成了木头。他勉力撕开步子,跨进第一家。

有几个女人懒洋洋地瞟了他一眼,然后把目光收回,继续手上活计。秦猛有些发窘,几乎想转身,但还是硬着脸站在门边。

年纪最长、斜靠在沙发上的女人笑了起来,说:"小帅哥,看上哪个就点哪个,莫讲客气哦。"

"宋哥来了没有?"

"你找他做什么?要找就找我们这些美女。"

秦猛退了出去，又进了第二家。

"宋哥来了没有？"

"宋哥，还没看到来哦？"

秦猛正准备退出去，正对着他坐在麻将桌边的一个女人抬起头来，说："帅哥，你是不是想趁他没来，先钻一下我们小董的裤裆？"

大家哄笑起来。坐在她旁边嗑瓜子的女人呸了一声，睨了秦猛一眼，又把目光落在麻将桌上，眼中那两汪水却是颤颤的。秦猛没什么反应，莫小宝在后面看到，身体顿时发酥。

退出来后，秦猛一边向斜对面行去一边说："等他来。"

"他万一不来呢？"

"明天再来。"

"你打算怎么动手？"

"等他干完，出来就打。"

"嘿嘿，看不出来啊，你还很毒，等他泄了元气才动手。"

"这是真打,多一分把握总好些。"

"万一打不赢呢?"

"我喊跑你就跑,莫管我。"

"那你呢?"

"我是童男身,他追我不上的。"

"你算得很清楚啊。"

"这不是开玩笑的事。"

莫小宝点点头,蹲下去,过了一会又站起,行来行去。

"你莫在这里晃。"

"我忍不住啊。"

"你去隔壁买包烟。"

"好。要买水么?"

"买一瓶就要得了。"

莫小宝进了小超市,掏空了口袋,才发现钱不够,又出来问秦猛要了两块钱,才把东西买全了。

抽了一口后,秦猛吐着烟说:"他进去了。"

莫小宝啊了一声,神色和身上的肉同时一紧。

秦猛叼着烟,目光凝聚,身体纹丝不动。莫小宝觉得他蹲在那里像只大狼。

抽了三根烟,莫小宝还跑进巷子里撒了泡尿。秦猛只抽了一根,等他从巷子里出来,就带着他贴到那家发廊边的暗角里。

时间过得更慢了,仿佛是从拧紧的水龙头一滴滴挤出来的。莫小宝想抽烟,秦猛却不准。

"我觉得我们像忍者。"

莫小宝说得很小声。秦猛摇摇头,也不知是不同意这个说法还是不准他说话。莫小宝不再开口,把手插进裤兜,目光搭向每一个路过的行人,倒也略略松弛了下来。

宋哥终于浮头了。他晃着身子,向东风路转去,边行边掏烟。

就在他点火的瞬间,秦猛从暗处蹿了出来,一拳打在他右肋上。

听到一声响,莫小宝身子一紧,仿佛自己的肋骨被打断了。

不等他从疼痛中醒过神来,秦猛又是一个后手直拳。还是打肋骨。

又是一声响。

宋哥勉力扭动身子,一脚蹬向他小腹,却没发好力,速度也牵强,被从旁边冲上来的莫小宝起脚荡歪了。不等他站稳,秦猛横撞上去。他砸在了地上,双手立刻反撑地,想弹起来,却扯出肋间的剧痛,一时僵悬在那里。

秦猛毫不客气地上去补了两拳,每一拳都像是把自己的骨头打裂了。

他还有足够的力气跑。莫小宝跟着他跑到东风路,又跑进斜对面的上河街。上河街接着中河街,中河街接着下河街,里面分布着蛛网一样的细街和小巷。

他俩放慢了脚步。谁也不说话,只听到彼此心脏的跳动声。

从下河街出来,过沿江桥,转到自家的那条街,秦猛问莫小宝要了根烟。

"你明天去告诉张师兄,我替他报了仇。"

"那你呢?"

"我要去五里牌。"

秦猛的脸在夜色中如同石头,两眼灼灼。

"我晓得你要行这一步的。"

"那你呢?"

"我当然跟你一起。"

拍拍莫小宝的肩膀,秦猛大步向前。

发表于《长江文艺》2019年第2期

轻功考

表弟生前在大学中文系担任讲师，授课之余，他并没有把多少时间花费在专业研究上，以至于晋升副教授看起来像火星那么遥远。他把业余的时间和精力都奉献给了跑酷，最后连生命也奉献了出来——他在天台围栏上凌空翻腾，后空翻时精确地落在围栏边角位置，不料边角突然坍塌，从三十层的写字楼上摔了下来。鉴于这座楼修建不过两年，至少围栏部分属于明显的豆腐渣工程，承建单位害怕我们这些亲属带着媒体来追究其他部分是不是也存在质量问题，从最初的气壮如牛转变为满脸沉痛地赔了一笔钱。表弟家境优越,舅舅、舅母其实也不在乎这点钱,他们把后悔都倾泻到当初没有力阻表弟进行这项充满危险性的运动上。其实是表弟通过一些难度很小的平地表演消解了他俩对这项新潮运动的疑虑,反而为他所表现出的活力和矫健而感到高兴。舅母抽抽搭搭地说:"早晓得他要跑到那么高的地方去乱蹦乱跳,我是死也不准他搞什么跑酷的。"

我虽然为表弟的英年早逝而深自悼惜,但觉得他从早年的阴郁转变成后来的生机勃勃,跑酷起了关键性作用。虽然没评上副教授,但跟他同时分配到中文系而率先评上了副教授的那位看上去像个蔫萝卜,显然生活质量远不如以讲师而终的表弟。表弟热爱跑酷,以此活得快乐而充实,最后死于跑酷,也可谓求仁得仁。但这种想法只能藏于内心深处,如果敢于亮出,说不定就招来舅舅一巴掌,还要伴之以怒吼:"他可是你亲表弟,他死了你就这么高兴?"我很喜欢表弟的,对他的意外身亡感到真切的悲伤,可不想背这个冤枉。为了寄托哀思,我主动承揽了整理他遗作的任务。按照舅舅的意思，虽然他不怎么在业务上用功，但身为古典文学硕士、大学讲师，好歹也积攒了一些论文，总能够凑成本书。整理好后，买个书号印刷成册，分赠亲友，再捐几本给他生前读过研和任过教的两所大学的图书馆，也算不辜负他平生所学。

在电脑技术人员的帮助下，我进入了表弟的笔记本电脑，发现除开硕士论文，他参加工作后发表的论文数量少得不像话。估计如果不是因为学校领导跟舅舅是朋友，再加上他讲课尚受学生欢迎，连讲师的饭碗也会被考核掉。我只能从他的笔记中努力挖出一些东西来增加其遗作的厚度。在寥寥几本笔记中我找到了一些跟他的爱好相关的札记，长短不一，有的具有考证意味，有的属于日常记事。这些文字透出一个秘密：他所参加的那个运动兴趣小组织只是以跑酷做掩饰，其实叫"轻功研习会"。当然，这个研习会没有在民政局登记，属于地下团体。团体成员五花八门：瑜伽教练、大学教师、公务员、园艺师、茶馆老板、厨师、环卫工人、小区保安等等。他们被轻功这种神秘的武术所吸引，出于纯粹的兴趣和狂热的迷恋而聚集在一起。表弟因为他的学术训练和职业背景，在这个团体中担负了一项特殊而重要的任务：论证轻功的存在。尽管最终没有完成这一论证，但通过梳理典籍和记录团体成员的实践，他展示了自己一直在努力进行的这项对他评职称毫无益处的研究工作。

花了两个晚上，我把他这方面的文字整理成篇。文章属于杂糅体，离学术规范太远，而且难免会再度触发舅舅、舅母的心头之痛，考虑再三后，我还是放弃了将它作为附录收入表弟学术论文集的打算。但这些文字显示了表弟的真正志趣，任其湮没我又于心不忍。我暂且放下犹豫，将原件交给了轻功研讨会的召集人，一个肌肤光滑、风韵翩然的中年瑜伽女教练。她得知我是作家后，建议还是找机会适当披露。我把这视为轻功研讨会的授权。以下部分摘自整理后的札记。考虑到行文的贯通，我调整了原始顺序，段落相接处的句子略有改动。如有文理失当之处，概由本人负责。

唐传奇中《聂隐娘》中的剑客均与轻功有关。精精儿和空空儿显然都是轻功高手，空空儿术尤精——"人莫能窥其用，鬼莫得蹑其踪，能从空虚而入冥，善无形而灭影"——似乎是轻功和幻术混合使用才能产生这种效果。至于聂隐娘的学艺过程，更是展示了轻功的实质性修炼程序："隐娘初被尼挈，不知行几里。及明，至大石穴之嵌空，数十步寂无居人。猿狖极多，松萝益邃。已有二女，亦各十岁。皆聪明婉丽，不食，能于峭壁上飞走，若捷猱登木，无有蹶失。尼与我药一粒，兼令长执宝剑一口，长二尺许，锋利吹毛可断，遂令二女教攀缘，渐觉身轻如风。一年后，刺猿狖百无一失；后刺虎豹，皆决其首而归；三年后能飞，使刺鹰隼，无不中。"当中有两大关窍：服药辟谷以减轻体重；在悬崖峭壁上攀缘锻炼身手。《聂隐娘》关于轻功和剑术的描写大抵属于文人想象之辞，但有其合理的成分，可能还受到道教典籍的影响。唐朝行刺之风盛行，剑客多为刺客，大僚藩镇纷纷蓄养此道高手用于剪除异己或震慑对手。元和八年淄青节度使李师道遣剑客刺杀宰相武元衡，此事载于正史。《聂隐娘》作者裴铏系唐僖宗时人，曾任成都节度副使加御史大夫等职，属于李唐王朝高级干部，熟知此中情状。他应该见过当时的一些剑客，目睹他们的身手，再在小说中加以渲染和发挥。在另一篇名作《昆仑奴》中，他描写磨勒在甲士的包围中"……飞出高垣，瞥若翅翎，疾同鹰隼，攒矢如雨，莫能中之。顷刻之间，不知所向。"据葛承雍教授考证，昆仑奴是来自于南海地区的矮黑人，善于泅水和攀爬。磨勒的表现超出同族，作者应该在他身上附会了关于轻功的想象。稍早于裴铏的袁郊在《红线》中描写红线一夜之间往返釜阳、魏州两地，是为后世武侠小说中"陆地飞行术"的滥觞。杜光庭的《虬髯客传》中，除了那只驴子跑得飞快外，风尘三侠并未有轻功方面的直接表现。综合这四篇唐传奇中的武侠代表作，可见当时刺客有两种必须修习的功夫：轻功和剑术。剑客可以不必有轻功，但刺客必须有。同时也可大致推导出轻功只是剑术的辅助，并没有成为单独锻炼的项目。

  清朝纪晓岚以学者自傲，不满传奇一路驰骋想象的"才子之笔"，认为"小说既述旧闻，即属叙事，不比戏场观目，随意装点"。他本人写了一部重要的笔记小说《阅微草堂笔记》，虽然文学价值不如传奇和志怪混搭而成的《聊斋志异》，但不少篇章属于实录或接近实录，具有文献价值。该书卷二十二记载："里有丁一士者，矫健多力，兼习技击超距之术。两三丈之高，可翩然上。两三丈之阔，可翩然越也。余幼时犹及见之，尝求睹其术。使余立一过厅中，余面向前门，则立前门外面相对；余转面后门，则立后门外面相对。如是者七八度，盖一跃即飞过屋脊耳。后过杜林镇，遇一友，邀饮桥畔酒肆中。酒酣，共立河岸。友曰：'能越此乎？'一士应声耸身过。友招使还，应声又至。足甫及岸，不虞岸已将圮，近水陡立处开裂有纹。一士未见，误踏其上，岸崩二尺许。遂随之坠河，顺流而去。素不习水，但从波心踊起数尺，能直上而不能旁近岸，仍坠水中。如是数四，力尽，竟溺焉。"清朝计量单位已统一，除后来把一斤改为十两外，其他沿用至今。一丈为十尺，木工一尺为31.1厘米，裁尺为35厘米。即便按两丈算，丁一士跳高和跳远能力都超过六米，而且是立定耸身跳。此系纪晓岚述亲身见闻。考虑到作者的身份地位和写作观，可信度相当大。虽然不排除其童年记忆存在误差，但仍可作为轻功确实存在的有力证据。

民国专以轻功闻名于世者，莫过"燕子"李三。李三原名李景华，实为飞贼。艺成后专偷豪门富家，连总理段祺瑞、军阀张宗昌、洛阳警备司令白坚武这类势力极大的人物也敢动，有时会将所窃财物分给穷人，所以在当时平民中口碑甚好。曾任北平律师公会副会长的蔡礼在《我作燕子李三辩护律师的回忆》一文中回忆道："燕子李三确实会一些武功。他能头朝下，身子像壁虎一样紧贴墙壁往上爬，他曾在白塔寺高高的大殿墙壁上爬过，这一招儿叫'蝎子爬'。他还会点气功，不知怎么一用气，脚后跟的那块骨头便能缩回去。他随身带一条绳子，绳子一端拴一个铁爪子，把绳子往树上或木梁上一扔，铁爪就抓在木头上,他便顺绳子爬上去了。正因为这样,侦缉队虽多次对他严加缉拿,但是很难抓到。就是抓到了也看不住他,他的脚后跟骨一缩,铁镣就脱落下来。所以他在北平曾七次被捕,七次脱逃。"蔡礼的叙述平实无华,又曾跟李三深度接触过,应为信史。李三的轻功并不像传闻中那样高,只是精于上墙术,同时还会一些"缩骨功",符合其职业要求。

民国北方几大武术流派:八极、形意、太极、八卦,都不以轻功著称。倒是南方"自然门"中两代宗师:徐矮师和杜心五,都以轻功闻名。徐矮师迹近传说,难以考证。杜心五身为革命志士和青帮元老,其行状却是有众多史料记载。梁漱溟在写给刘笃平的信中提及:"日本人土肥原搞所谓华北国之事,我不知其详,但闻杜先生曾被日人延请住入一大花园中,围墙甚高,杜先生以其轻身术竟能越墙而出,日人莫奈之何云。"梁漱溟乃真正的儒家,以实诚著称,但终究只是听闻而已。孙立人的恋人秘书、作家黄美之小时候与杜心五一家同居一楼,她在《楼上的房客》一文中回忆道:"有天,我正站在离大门不远处的花园里,有人敲门,我连忙跑去开门,进来的是杜老师,他看我很费力的把门开得很窄,他便侧身而入,并很慈祥地拍拍我的头,我当然很有礼貌地向他鞠一躬并叫一声杜老师,他看有佣人来了就上楼去了。我才掉转头,见他已在楼上的前廊和杜太太在说话,他如此神速,竟使我这相当木头木脑的女孩子惊异万分,而且发觉他刚才从我身边过去时,像一片落叶一般,轻轻地飘了过去。至今,那种神速的飘然,仍常在我心中吹起几分迷惑。"在同文中她还转述了杜家佣人张嫂的见闻:"日子久了,张嫂便说一口湘乡官话,把大家都逗乐了,而且张嫂还会告诉我家的佣人们,她说杜老师,她是跟着大家这样称杜心五的,他能沿着锅边走,锅子一动也不会动,杜老师还能在夜晚飞檐走壁,什么人也不会看见,而杜大小姐每天都用铁沙袋捶打自己的身子,反正从张嫂的描述,这杜家实在很神秘。我们当然不会相信张嫂所说的:'杜老师是练的'轻功',但她竟能说出这种专有名词,使听者对她所言,又不得不疑信参半了。"

实际上，走锅边是自然门的练功方法之一。杜心五不仅能走锅边，还能走比铁锅更轻的字纸篓。张佛千在《从拜师大侠杜心五说起——兼记我所认识的张锦湖、黄金荣、杜月笙》一文中转述了远亲夏道湘的见闻："我们孔部长（祥熙）请了一位顾问，一个乡下老头儿的样子，人很和气，也很风趣，我们也不知道他的来历，顾问室跟技正室隔壁，他常常过去闲谈，他说：'我这个顾问，光是拿钱不做事，孔部长也叫我不要上班，我一年到头五湖四海乱跑，这段时间我留在南京，所以来坐坐。'一次他忽然高兴说：'我有一个小玩意，你们看！'他跳上了一只字纸篓，沿边疾走，字纸篓是竹子编的，质料很轻，却能承受他的体重。然后他轻轻跳到另外两张办公桌旁的字纸篓，在每一字纸篓上绕了几圈，轻轻跳下。他嘱咐我们不要传出去，免得大惊小怪。后来他要到上海，我们到下关车站相送，送行的有几百人，一人手里提一只小灯笼，我们才知道他是青帮中地位很高的杜心五。"走字纸篓显示的是提气功夫和平衡能力。

同文中还转述了另一个青帮大佬黄金荣的见闻:"杜师叔轻易不露他的武功,有一次,他老人家到上海,我请吃饭,请几位也会武功的大字辈作陪,席设旅社房间内,这几位请求杜师叔指点几手,杜师叔本来不肯,因他们坚请,最后只好站起来说:'那就请你们推一位进招吧!'他们推出一位,拱手告罪后,拳出如风,连绵不断,杜师叔以非常快速的身法闪让,有时一足足尖在椅子上、沙发上、茶几上,点一点,只见影而不见身,忽左忽右,忽前忽后,好几次飞闪到进攻者的侧面后面,是最有利的还击的机会,大家都为进攻者捏一把汗,杜师叔既不接招,更不还手,攻击者急急忙忙,杜师叔轻轻松松,虽是一间特大的房间,但摆了一桌酒席,除了绕桌游走外,剩余的空间不多,杜师叔最后被迫退到屋角衣橱之前,无处可退,也不见他作势,就身贴衣橱一直上去,笑嘻嘻地坐在衣橱顶上,好在挥拳者认为这一拳非中不可,只想点到为止,未出全力,收拳又快,不然玻璃门被打碎会使手受重伤。

杜师叔又轻轻飘下，还谢谢挥拳者手下留情，合席都十分佩服。"此处显示的是他卓越的游走闪避能力。

　　轻功一门，种类亦多，杜心武应该是现代这一门中修养最全面的武术家。从语言学家、教育家陈颂平的《杜心五二三事》一文中可见出他还精通壁虎游墙功——"杜心五起身直立墙下，双手下垂，将身摇动，身子直线如同壁虎一般爬上墙，头已顶到屋梁。"从新闻记者、武术史家万天石的《神腿杜心武》中可见出他的提纵术也练到了一定境界："那是1935年秋，国民党政府湖南省主席何键，在家里宴请杜心五。本文作者及向恺然、李丽久作陪。何键请杜心五表演轻身术，杜欣然同意。把三张吃饭桌子叠摞起来，他只一耸身，跳上桌子的最高处，并在桌子上打自然门拳，一刻钟后跳下，既不喘气，又未变色。"他的轻功到老仍未退化，应跟他长期修炼导引之术有关，这又证明了上乘轻功有赖内气。概而言之，杜心武是有史以来关于轻功存在最有力的证明，可惜当时未能留下影像资料，使得今日武术界及大众还在为轻功是否存在而喋喋争论。

龚鹏程教授文武兼修,乃当代奇士。他在《武艺丛谈》一书中揭秘道:"轻功上房,是用茯苓、桂心各150克,研末,蜜练成丸如指大,先吃上五天。"但后面又说:"它们(包括暴打不痛的秘方)与武术无关,其实是很清楚的。"我跟曼姐(即上文所言瑜伽教练——作者注)提出是不是可以一试?曼姐态度很坚决,认为这违反了研习会的宗旨。她是教瑜伽为生,还通道教伍、柳一派的修炼方法,始终主张通过肢体锻炼和内气导引开发人体本身的潜能,凡是借助外丹的皆是邪道。我一向钦佩曼姐,也就从她所言。曼姐打坐有时会腾空悬浮一二米,但她自己也不能预测何时会出现这种情状。这也证明了轻功跟练气有关。她走路是踮脚飘着走的,在雪地上过,鞋印既小且浅。如果天上还在落雪,很快就会把脚印掩盖。古人所谓踏雪无痕,大概就是指这种效果。至于在雪上走过完全不留印痕,恐违重力原理。

江小伟是不太相信练气的,还跟曼姐争论过几次。曼姐说:"各有各的法,你只要不走服用外丹的路就可以。"他做了两只绑腿,里面装的是小钢块,每个重二十斤。他在区政府当办事员,家离单位有四公里,但他不开车,不坐公交,束着绑腿走路上下班。他的外裤裤腿都是超级肥,其实是为了掩藏绑腿,免得被同事发现。他就差睡觉没系绑腿了。当他脱下绑腿的时候,感觉可以跳到屋顶上去,但实际上只能跳到桌子上,不过非常轻松。人行道栏杆他也能跳过,引得路人大为惊讶,并要求他再跳一次,以便用手机拍摄视频。但他潇洒地拒绝了,转身离去,留给路人一个神秘的背影。这正是他喜欢的形象——一个身怀绝技、偶露一手的高人。他现在的目标是立定跳上两张叠放的桌子。但我觉得他如果不练习提气的功夫,恐难达到。

老海跟江小伟是一路的,属于轻功中的外家。他专攻走墙,曾请假去少林寺学习"横排八步"。少林寺的师父虽然肯定他的天赋,但明言这类功夫除非正式出家,否则不能传授。老海舍不得他那一头浓密的卷发,再者他有两个可爱的女儿,还得回来当厨师挣钱养家。老海是厨师中罕见的瘦子,他能够在没有粉刷过的砖墙上横身斜走五步,有次还冲到六步。鉴于他是无师自通,可谓奇才。他说他少年时代就练习走墙了,摔过无数次。我问他为何痴迷这种功夫。他言小时候住在一个杂居的大院里,半夜出屋撒尿,看到一人背着包从墙下走到墙头,然后消失不见。到早上便听说院里那户经常飘出肉香的人家失窃。从此他暗暗立志,要学会这门功夫,也好去惩罚那些经常有肉吃的人家。但现在他天天跟肉打交道,血浆鸭、辣椒炒肉、宫保鸡丁、小炒黄牛肉……随时可以尝上一块,却看到肉就饱了,根本不想动筷子。他成了一个严格的素食主义者,轻功能练到这个份上,也跟素食有关吧。他的终极目标当然是八步。我明白那个暗夜飞贼的身影永远站在墙头等着他。

宁老板是曼姐的坚定支持者,相信内气是轻功的主要动力,但他练习得少,更多时候是在给大家泡茶,笑眯眯地看着大家跳来跳去。他说泡茶喝茶都可以养气。他还说看着茶叶在水中舒展然后悠然上升,可体会轻功的最高境界。他如果能拍电影，拍出的轻功效果一定不比李安差。宁老板剃光头，穿布鞋，着唐装。我曾建议他加把劲多练练，将来就算不拍电影，也能在电影里出演侠客。他边揉下丹田边说慢慢来，急不得。曼姐说他走的是先内后外的路子，将来成就不可限量。我觉得他应该去练太极，然而他说就是喜欢轻功。这肯定是不假的，但我觉得他还喜欢曼姐，或者说，喜欢看曼姐腾空时那种仿若龙井在水中悠然起舞的姿态。

小璐也迷恋曼姐腾空的优美姿态，从瑜伽学员变成了轻功研习会的成员。她骨架大，腰身粗，脸如满月。似乎是要跟基因对着干，她以惊人的毅力把自己拉向纤柔的方向。她在淘宝上定做了两身汉服，练功的时候就穿上。一开始我们都捂着嘴笑，连宁老板也忍不住把一口茶水喷了出来。曼姐严肃地批评了我们。曼姐说练习轻功也需要情境，比如在青砖老院里练比在运动场上练感觉要好，小璐这样做可以更快地进入那种情境。有了曼姐的支持，小璐愈发来神，她在缸沿上走稳了之后，居然又买了把红色油纸伞,每次走缸沿还要擎着伞。我们集体赠送她一个外号:红伞仙子。她抿嘴一笑,喜滋滋地受了,此后练习更加刻苦专注。她从走缸边进化到走大竹箩。当然,这竹箩是装着铁砂的。眼见箩中铁砂一天天减少,小璐身上还真呈现出轻盈的感觉,举手投足间竟透着丝丝飘逸。已经有男生开始追她了。我知道她是因为美而练习轻功,就像她因为美还选择了园艺师这一职业。我认为她如果坚持修炼,会越来越富有古典韵味,成为一朵到暮年还能绽放风华的菊花。

许风是退役的长跑运动员,所以他选择了陆地飞行术。他喜欢在深夜的月光下练习,像一只豹子那样穿过大半个城市。他说同样是跑五千米,感觉跟当初在阳光酷烈的运动场上跑完全不一样。我曾在夏夜跟他一起跑过,目睹他身上的肌肉像水一样流动起伏,完全没有绷紧的感觉。他说练习轻功让他完全摆脱了长期从事竞技运动的紧张感,真正感受到了运动的美好。

陈刚年少时喜欢玩单双杠,他现在的练习方式主要是在一排双杠上跳来跳去。有时跳得兴起,他会在半空转动身体,变竖为俯,最后双手双脚同时落到双杠上。他还能把双脚钩在单杠上,悬空倒挂,上身任意折卷。在古代,这是一门专用于倒挂在屋檐上窥看室内的功夫,叫作"倒挂金钟"。他笑言自己的梦想是成为一个采花大盗。无奈他长得像刘德华,所以虽然只是一个小区保安,还是有不少花主动来采他。他的轻功只能用来博取女朋友们的尖叫声和掌声。

至于我,我喜欢任何形式的轻功,我迷恋停留在空中的感觉,仿佛摆脱了一切世俗的羁绊。曼姐说,轻功是所有运动中最能释放身心的门类,我无限认同这一观点。我现在做梦都在腾飞,有时越过大湖,有时跳上高峰。我知道,在现实中,无论是杜心武还是燕子李三,都永远无法实现这些。但这代表了一种梦想,一种追求,一种不受束缚的生存状态。我希望有一天轻功大成之后,就辞职当一个云游四海的背包客。那时候,什么障碍都阻挡不了我。

附记

文章发表之后,并无多少反响。读者们基本倾向于把这看成一篇小说,虽然是很不像小说的小说,但终归是篇小说。倒是轻功研习会的人争相传阅,并把我请去谈论读后感,仿佛我是这些札记的作者。

许风含着泪说:"尹星和我是知己啊!"陈刚立刻声明自己也属于表弟知己之列,随后表白自己的梦想并非当采花大盗,那是开玩笑的,其实呢,是想成为像楚留香那样的人物。小璐一直拿着手帕低头掩面,中途抬起头来细声细气地插了句:"我会像星哥期盼的那样去做的。"江小伟和老海双双表态,承认以前有点偏执,今后会走内外兼修的路子,也好让小尹在九泉之下能够安心。说这话的时候,他们都目光炯炯地直视着我,似乎我能够把这些话捎给表弟。宁老板那天没在场,但他托曼姐送给我一包上好龙井。曼姐最后发言,她说:"我们练习轻功基本是不对外公开的,但欢迎马老师随时来观摩指导。"这话让我在瞬间产生了错觉，仿佛自己是一位轻功大师。无论是出于礼貌还是出于对这群人的真心喜爱，我都只能颔首说好。

此后我经常去观看他们练习，越来越频繁，也越来越主动。再后来，我成了轻功研习会的一员，担负起表弟生前的职责。但我并不急于在书面上完成对轻功的考证。我认为，关于轻功存在与否，最好的考证方式不是以笔、以书，而是以身体和心灵。在持续的练习中，我逐渐获得了存在的平衡：一方面，我深陷于浩瀚的文字并甘于沉溺其中；另一方面，我磨炼自己的筋骨，激发体内的元气，一次又一次腾空而起，冲进最大限度的自由。毫无疑问，我将用余生来考证轻功的存在。

发表于《十月》2017年第6期

阴　手

　　这个故事是我那位在乡镇中学教了一辈子语文、已去世多年的大姨父讲给我听的。他跟我一样，也没有目睹故事的发生，而是从他爷爷的口中得知。那是一位饱学之士，如果不是造化弄人，在他考中秀才不久后清廷就废除了科举，他大概不会以乡间塾师而终其一生的。这位前清秀才以禀性纯良、诚实不欺而让乡人钦佩，据说他的日记中还记载了与妻子"敦伦"的次数以及唯恐自己沉溺于肉欲的矛盾心理，那么他的讲述一定远比二十四史要忠于事实。然而大姨父显然缺乏先人的诚实品性，他是出名的说大话的能手，我那年轻时貌美如花的大姨就是听信了他层出不穷的花言巧语，相信此人将有一个远大前程而下嫁于他的——最终大姨父因为屡次出现重大教学事故（主要是因为醉酒而常常让整堂学生在等待中虚度光阴）而提前光荣退休。所以对他转述的可靠性，我只能保持一种存疑的谨慎态度，尽量剔除他叙述中的浮言虚词，力求恢复这个故事本身所应该具有的朴实直接。

张孝良大约于光绪初年出生于飞龙县大田铺村。那地方离我出生的村庄只有两里之遥，同属于北坪地界。如同北坪绝大多数农民一样，他目不识丁，却在少年时就熟悉了田间地头的一切活计。这对他的发育有些影响，因为他的身体过早地套上了农活的重轭。所以他成年之后，显得瘦削、矮小，再加上沉默、耐劳的品质，使他看上去像一头终日埋头耕作的瘦牛。事实上，他更多地体现了牛的品性：忍耐、善良、勤劳，让雇主能够毫无顾虑地压榨。长期以来，作为地主陈德荣的佃户，他用血汗灌溉着一片并不属于自己的土地,以此来获得存在的理由和根基。他不喝酒,在劳作间歇时会抽点旱烟——这是农民缓解疲劳的一种主要方式;他在夜里几乎没点过灯,总是随太阳一起睡去,但总比太阳要先起来。他所做的唯一与生存无关的事,大概就是喜欢把树叶含在嘴中,吹出各种令人感到愉快的小调,连林子里的黄鹂听到了,也要因惭愧而闭上嘴巴。这偶尔会让村子里怀春的姑娘们怦然心动,但并不能为他缔结一桩姻缘。因为地方穷,外地的女子不愿嫁过来,北坪的农民普遍是以一种换亲的方式来保证人口的繁衍。张孝良有一个妹妹,但他并非长子,所以不具备优先换亲的权利。大嫂进门之后,父母照例给兄弟俩分了家。张孝良得到了仅有的一间横屋,作为补偿,他获得了几件新制的农具。然而精于算计的兄长对这一微薄的补偿仍感到愤愤不平,因为父母跟随他住在相对宽敞的正屋中,一切起居事宜必须由他和他的麻脸媳妇负责照料。这种不平,只有每到夜晚来临的时候,才会熄灭。张孝良独卧在冰冷的床上,听到从正房中传来的呻吟,心理和身体难免会产生微妙的变化。如果不是钱三姑的到来,恐怕张孝良长期都要默默忍受这种欲望的折磨。

钱三姑出生于江西一个偏僻的山乡,大约十二岁时就被拐卖到湖南做童养媳。具体是什么地方,她已记忆模糊。令她铭刻在心的是婆婆不分日夜的驱使和虐待。当然,畸形痴呆的小丈夫也构成了她出逃的重要原因。十五岁那年,在逃亡了大半个月,确定夫家的人不可能追踪到此后,她才从长时间的高度紧张中解脱出来。那时她连开口乞讨的力气都被抽尽,一头栽倒在张孝良的屋前。命运的偶然性让张孝良的兄长大声悲叹:为何她不栽倒在我的屋门前?为何是等我娶了亲后她才跑来?然而不管他如何跺脚摇头,都改变不了这个事实:是张孝良救了钱三姑。也许就在钱三姑弄清张孝良尚未成家的那一刻,就决定了留在这里。尽管她衣衫褴褛面黄肌瘦,但却是个没有缺陷的姑娘。张孝良找不到任何拒绝的理由。他只能像接受天上掉下来的油饼一样接受钱三姑,并逐渐由惶惑过渡到狂喜。

在残酷的童养媳生涯中,钱三姑早早磨炼出了操持家务所需的一切：技能、细心和耐心。因为身体娇小的原因，她不以干粗重活计见长，却在绩麻、纺纱、浆衣、针线等细活上表现出非凡的才能，很快在村中的女人圈中确立了自己的地位。在她的反衬之下，那位麻脸嫂嫂的蠢笨简直无可掩饰。她只能通过指桑骂槐来发泄内心的嫉恨。那位精明的兄长则理直气壮地提出钱三姑应该分担侍奉公婆的职责，尽管他在弟弟成婚时只送了几只碗当贺礼。出于一贯的老实和孝顺，张孝良几乎没有思索就应承下来。尽管对兄长的吝啬和自私心存反感，但钱三姑还是顺从了丈夫的意思。让她感到欣慰的是，至少二老远比过去的婆婆要慈祥宽厚，甚至还偷偷塞钱帮助她置办了一架新纺车。生活和人总是互相滋润的。钱三姑因营养不良而发黄的头发渐渐转青，肌肤也日见润泽。两年后，她完全发育成熟，并且因为新建了一栋独立的三开间土砖屋而扬眉吐气，容光焕发。村民们惊讶地发现，她竟然是一位美人。

面对钱三姑的转变，张孝良，这个谨小慎微的穷人，就像突然察觉自己原来拥有万贯家财一样，简直无所适从。对于万贯家财，如果不懂得如何使用，至少也要有能力保护。对于美人也是一样。令人遗憾的是，尽管张孝良是个好人，而且在干农活上颇有过人之处，在这两方面却毫无能力可言。村里一些男人开始找机会接近钱三姑，但他们都无一例外地遭到了失败。钱三姑有足够的聪明摆脱这些纠缠，哪怕有些纠缠来自兄长。对张孝良的感恩使她能够压制住内心的骚动。另一个或者更为重要的原因是：她过去所受的苦太多太深，让她觉得现在这种生活甘甜如蜜。她已心满意足，只想维持现状。如果不是她体验到了另外一种生活，她的这个愿望也许会实现。

与张孝良相比，陈德荣代表着乡村生活的另一极。刚出生的时候，他的爷爷和父亲就为他积累了足够多的财富。他读过五年私塾，却对参加科举缺乏热情。不过他还是暗自感激他的老师，那个大半辈子都虚耗于科场考试的白发秀才。没有他的耐心教诲，陈德荣无法解读房中秘籍那些古奥的文字。自从十三岁那年和丫头初试云雨后，他就疯狂地迷恋上了女人的身体。对房中术孜孜不倦的研究和实践,成了他生命中的头等大事。他的父亲甚至因此担心他败坏家业,不过在他成年后就打消了这个疑虑——陈德荣对聚敛钱财有着次等的热情,而他驱使下人的手腕甚至超过了先辈。在他三十岁那年,父亲因病去世。他的生活显然变得更加随心所欲。他结交官府,甚至捐得了一个七品的顶戴,但这只不过是为了保证他在家乡过着安逸淫乐的生活。在正室之外,他拥有三位小妾。如果把服侍这些妻妾的丫头计算在内的话,家中共有八个女人供他取乐。但他在这方面的欲望毫无止境,几乎通奸了村中所有薄有姿色的妇人。而这些妇人跟成为美人后的钱三姑一比,如同鱼目放在珍珠前,立刻令陈德荣感到厌憎。

引诱钱三姑是轻车熟路的。先是由陈德荣一个仆人的老婆出面,以公道的价钱请钱三姑到自己家帮忙做针线活。当她在劳动间歇中喝了一杯茶水后,很快就昏睡过去。当她稍稍清醒过来时,陈德荣正以巨大的热情在她身上耕作。药物让钱三姑的四肢绵软无力。在反抗无效后她只有以哭泣来宣泄内心的屈辱,但同时她也明显感受到了前所未有的战栗。事后陈德荣送给她一支金钗和一匹绸缎。钱三姑全然不顾夺门而出。回到家中后,她痛哭一场,决定以忍气吞声和闭门不出来平息这件事情。然而尽管她不愿承认,陈德荣的英俊面容和精湛功夫已在她心中扎下了不可铲除的根。三天后,当张孝良外出做工时,陈德荣闯进钱三姑房中。他略通武艺,膂力惊人,轻而易举就压制住了钱三姑的反抗。屋外则有四个家丁把守门户。后来钱三姑干脆放弃了叫喊,因为她担心自己喊出来的是另一种声音。完事后陈德荣说了许多甜蜜的、她闻所未闻的话。钱三姑始终紧闭着眼睛和嘴唇。不过当陈德荣再次耕作时,她几乎没有反抗。

据说是钱三姑主动提出要陈德荣正式纳她为妾的,因为她不愿意长久地过一种担惊受怕的通奸生活。或者还有一个原因,陈德荣轻而易举就让她有了身孕,而她和张孝良在一起两年都毫无动静。面对这出乎意料的要求,陈德荣没有丝毫犹豫就答应下来。不过他们都低估了来自张孝良的阻力。在面对一百两银子和两亩土地的交换条件时，张孝良一口回绝。对钱三姑的痴爱让他首次表现出了决心和勇气。只是他不明白（或者是不愿明白）这样一个事实：钱三姑已倾心于陈德荣。所以当有一天她突然失踪不再回来的时候，张孝良认定是陈德荣派人强抢了自己的妻子。他甚至猜想妻子已在抵抗中遭到杀害。尽管势单力薄，张孝良还是毅然闯入陈德荣居住的大院。但他连大门都没能跨进。挨了一顿暴打后，张孝良在床上躺了足足半个月。如果不是年迈的母亲为他做饭熬药，他也许会一命呜呼。村中没有任何人愿意为他出头。他的兄长还发出如下讥讽："生成癞蛤蟆的相，还想守住仙女？倒不如当初要了那一百两银子和两亩地，还落得实惠。"

面对巨大的伤害，张孝良一言不发。在伤好后他偷偷跑到邻村，求大姨父的爷爷写了状纸。在年轻的秀才拒绝收取他的五十文铜钱后，张孝良向他磕了三个响头，然后踏上了奔赴县衙的路。满怀悲愤的他不知道，陈德荣在他抵达县衙之前就已经打点好了一切。所以他告状的结果就是自己成了诬告士绅的刁民，挨了一顿板子后被叉出衙门。据说在陈德荣最初的算计中,张孝良会被关押,然后不明不白地死在牢中。但钱三姑的劝阻让张孝良得以继续行走在复仇的路上。依靠一群乞丐的帮助,他再次暂时摆脱了肉体的伤痛。张孝良没有返回家乡,也没有奔赴府衙继续告状。伤口痊愈后,在某位年长乞丐的指点下,他认识到了另一条远为可靠的复仇之路。他带着乞丐们赠送的干粮前往百里外的大东山。那里林立的道观和寺庙长期以来笼罩着神秘的气氛。在人们的口耳相传中,其中至少有一位道长年轻时曾是纵横江湖杀人无数的大剑侠。

接下来我将描述一种阴森可怖的武功,完全掌握它至少需要漫长的三十年。它的名字叫阴手。练习这种功夫需要准备悬锤、药袋、油灯、烛台、纸罩、纱罩、布罩、琉璃等物。在经过必需的基本功练习后——包括点石(也可点击墙壁、桌椅等坚硬物体)、卧虎(类似于以手指点地、再负重做俯卧撑)、插沙、拈豆——习者开始以食指点击悬锤。锤受指击,向前荡出。待锤荡回,以指相迎使其稳定。然后略略缩手，发劲再点。如是反复，日夜不辍，直至锤遭指点，荡至极高处，落下时再点即能定其势，便可练凭空点锤。先在四五寸外发力，悬锤不为之动。坚持习练，则可使其微动，日久功深，则能使其大动。到此地步，则移远一尺加以习练，功成后再移远一尺，直至在五尺外发力，可使锤荡到极高处，则点锤功已成。接下来便行药功。因为阴手主练阴柔之劲，易生阴毒，不行药功，则阴毒容易反侵体内，无药可救。习练时先照秘方制成药袋。每次行功前，以沸水一碗，浇于药袋中部，待水沁入药内，凝结为块状之药沙，即以食指向药袋潮湿处点凿。每次三百下，早晚各行功一次，连续习练三个月，方可转入刺日之习练。晨起运气伸指遥刺太阳，夜则向月。资质绝佳者，也要到一年后，才能感觉有冷气从指端破空而出。至此地步，方可进行灭烛和刺井之练习。按照正常进度，须以十年之功，方可达到烛光应指而灭、井水应刺而上溅数尺的地步。最后一关为透劲修炼。此功也用蜡烛，唯添灯罩而已。先加以纸罩。习练者在三丈外出指点之，初时指力未能透过纸罩，烛焰纹丝不动。日久功深，透劲渐生，方可摇动烛焰。苦练不辍，最后使之应指而灭，则易纸罩为纱罩。先用棉纱所制，次用较厚之纱制，再用棉绸所制。纱质越厚，则指力越不容易透过。棉绸之后，则易以布罩，亦是从薄渐次增厚。最后易以琉璃灯。在三丈外能隔琉璃罩而使灯焰应指而灭，则透劲已臻大成。到此境界，非十五年之功，不能至也。

必须指出的是，在大姨父的转述中，关于阴手的习练方法，是夸张而含糊的。我是在国粹出版社一九九五年初版的《中华秘技续编》中查到了它的具体练习方法。这本一百六十九个页码的小册子由著名武术家文成主持汇编。关于阴手的篇章是由一位叫楚天的人撰写的。这篇文章最初发表于《武魄》杂志一九九三年第二期，其详细程度令人吃惊，甚至连洗手和制造药袋的药方也一一开列。楚天在文章中自称出身于湖南一个武术世家，但本人却弃武从文。为了不使绝技失传，特予公布。他在文章中称这门绝技传自他的曾祖，他的曾祖则是以家传的轻功提纵术与一位道长交换而来。我跟《武魂》杂志社编辑部取得了联系，打听到了他的住址。原来他就住在邻县新化，那是一个著名的武术强县。我给他写了一封信，在赞扬了他的高尚情怀后，我提出了如下问题：那位道长是何方人氏？关于阴手的叙述是否详尽可靠？如果可靠，如此厉害的绝技难道不怕恶人习练祸害世间。不久后，我收到了一封用毛笔写的信。在信中楚天以斩钉截铁的口气说，所述完全真实；传下这项绝技的道长于清朝末年隐居于贵县大东山。对我的最后一个问题，他使用了一个反问句："马先生难道觉得现在还有人肯练这种功夫吗？"

我哑口无言。

即使在一百多年前，阴手也是一项让众多武林中人望而却步的绝技，因为练习它付出的代价实在太大，练至大成的希望又过于渺茫。所以当张孝良选择修炼它时，连他的师父，那位被其诚心所感动的前任大剑侠也感到吃惊（据说张孝良在他门前跪了三天三夜）。为了再次确认他的恒心，老道长让他在自己面前磕了九百九十九个响头。

在磕头的过程中张孝良几次昏迷过去，超强的忍耐力和复仇的决心让他挺了过来。道长完全被他感动了，答应将这门绝技倾囊相授。其实在阴手之外，这位道长还擅长多种绝技，有的只要习练三五年，成功的可能性也远远超过阴手。张孝良为何选择了最难练的阴手？大姨父的问答是，因为阴手最厉害，练成了之后，复仇的把握最大。这固然是一个重要原因，而我认为张孝良还有强烈的自虐倾向，他对世界的报复，首先是从折磨自己开始的。

在经过长达三十年的自我折磨后，张孝良终于抵达了最后的大成境界。此时他的师父已经驾鹤先去。据说在练到第十五年的关头，他已能令井水应指溅出，病危的老道长说，练到这一地步，亦足已复仇。张孝良却在埋葬了师父后，独自在冷寂的道观中，按照师父留下的秘籍，又煎熬了自己十五年。极度谨慎的性格让他追求完全的把握——复仇成了他生命中最重要的事，他绝不能让自己失手。

张孝良功成下山后，一路上发现所有男人脑袋后的那根辫子都不见了,这未免让他感到困惑。不过茫然只是暂时的,很快他又回归到矢志复仇的专注状态中。当他踏入大田铺地界后,村里的所有人都对这个萎靡不振的邋遢道人感到陌生——习练阴手的人,在外形上都会趋于枯瘦萎黄。直到他在一群儿童的簇拥下,敲开兄长的家门自报姓名后,村里人才明白,这是拜师学艺的张孝良回来了。不过他的外貌实在让人难以相信此人练成了什么惊人绝技。对于人们的窃窃私语,张孝良充耳不闻。新的悲痛让他的心加倍沉重——父母已相继离世。张孝良没有急着复仇,而是在父母坟前盘坐了一天一夜,以此来减轻内心的悲痛和愧疚。在这一天一夜中,每时每刻都有人在暗中监视。他表现出了一个高手应有的沉稳风范,岿然不动,静待来敌。但没有人敢贸然出手——尽管他貌不惊人,但藏身大东山三十年的经历仍使人感到敬畏。当他慢慢地起身时,盯梢者的心随之猛跳了一下。

身体已经严重发福的陈德荣在七天前庆祝完他的六十大寿。因为他与四姨太钱三姑所生的儿子在县城担任保安团团长,连县长都亲临祝贺。当听到张孝良回到村中的消息后,他的好心情并没有受到多大影响,还微笑着将这个消息告诉了保养有术、风韵犹存的钱三姑。据说钱三姑眉头微蹙,说了句,他回来做什么?陈德荣大笑着说,当然是想把你抢回去啦!钱三姑白了他一眼,扭腰走入内房。陈德荣在跟进去之前,指派了人手去监视张孝良。当张孝良起身向陈家大院方向走来时,他很快就收到报告。他甚至还了解到,张孝良走起路来如在水上滑行,轻飘无声,这让他立刻充满了警惕。

  张孝良来到陈家大院的门口时,后面还跟着许多本村的男女老少。他们像一群突然噤声的鸦雀,目不转睛注视着张孝良,看他如何对付门口站着的那四个彪形大汉。他们看到当为首的彪形大汉扑过来时,张孝良只伸出了左手食指凌空一点,那个以武功高强、为人凶悍闻名的护院就栽倒在三尺之外,再也没有爬起来。剩下的三个人怔了一怔后,就转身往回跑。人群立刻骚动起来,有人禁不住喊出声来:"张大侠,武功盖世!"这种发自肺腑的称赞并不能让张孝良嘴角稍稍牵动一下。他下了三十年的苦功,却从没有兴起过当大侠的念头。他早已想好在报仇之后,如果钱三姑已不在人世,就回到大东山,为师父守墓,了此余生。

他怀着阴郁的心情跨进了大院。

门外的人听到了一阵密集的枪声。

陈德荣于一九四五年寿终正寝于祖传的雕花描金大床上。钱三姑于一九四八年随儿子辗转逃往香港,六十年代初在那边去世。

发表于《文学界》2009年第12期

女匪首

她没有留下照片。在已经出到第二十辑的《飞龙县文史资料》中,关于她的少量文字显得模糊和彼此矛盾。有人认为她出身于贫农,是为了反抗地主阶级的压迫才上山为匪的。也有人指出她的出身即使不算小地主,至少也是富农,不存在生计问题。至于她上山之后的行径,大都语焉不详。我从中甚至读出一种刻意的闪烁其词。但不管如何掩饰和回避,有一个基本事实就是:她是飞龙县乃至整个昭市地区唯一的女匪首。从三十年代上山到五十年代初投诚,她维系和统治那股力量长达二十年之久。尽管在当时整个昭市地区的土匪队伍中，那只能算是一股中小型力量。但鉴于此中多少强悍的男人死于围剿、火并或内讧，她作为一个良家出身的女子，能够在危险丛生的虎狼窝中指挥若定而且安然无恙，实在让人惊叹。在北坪老一辈人的口传中，她来历非凡，前生非仙即魔，至少也是拜月岭上一只修炼了百年的狐狸投胎变的。我无从考证她的前生，多年来却从父老乡亲们的嘴中获得了不少史料未曾记载的传闻。最后一个跟我谈起她的人是五堂爷爷，他老人家已于今年开春时去世，享年八十九岁。从此世上再无亲眼见过她的人了。我把这些传闻连缀成篇，加以发挥，主要是为了纪念那些坐在瓦檐下或晒谷坪里听老辈人挥着蒲扇或抽着烟斗讲古的美好时光。我希望（但并不敢保证）这篇故事能够与他们当初的兴致飞扬目射精光相称，也能够与主人公非同寻常的一生相称。

孙翠翠于民国三年出生于北坪乡万竹坳。六岁时随父母迁到镇上。说是镇，其实也就是被群山夹得曲曲折折的一条街。如果不是赶集的话,这街上通常安静如同山村。孙父原来只是趁赶集时挑两担篾货来卖,但后来他决定来镇上开一家篾货店。他的头脑和双手一样灵活,通过采取多种销售方式,两年后,附近几个乡镇的人都一致推举北坪孙记的篾货用料扎实,做工精细,式样也比其他铺里的要别致些。有人建议孙父干脆去县城,把生意做大。但孙父不想离自己的胞衣地太远。何况县城的两家大篾货店都在自己这里订货,他觉得没有进城跟这两家大店唱对台戏的必要。做人呐,既要发狠,又要知足。孙父觉得能够在镇上把根扎稳,已经很对得起祖宗,该知足了。因为父亲的发狠,孙翠翠的童年时光没有完全消磨于偏远的万竹坳。因为父亲的知足,她也没能把她的少女时代安放在繁华的县城。总之,到十岁时,她已经完全说一口镇上的话。到十六岁时,她成了镇上无可争议的最乖态的妹子。每当她在街上行走的时候,镇上的后生们都望着她娉婷的身影咽口水。她走起路来腰身处好像有水波在轻轻荡漾,有种说不出的迷人味道。老人们说,那叫水蛇腰。多少后生梦想搂着这水蛇腰风流快活一回。但孙父及时替她定了亲,粉碎了这些痴心妄想。

孙翠翠的未来夫婿是镇上南货店的少东家,除性子有点绵软外,其他并无让孙父不满意的地方。孙翠翠倒觉得他那文秀相貌就该是这个性子,看到他满心满眼都是欢喜,只盼着到了十八岁便嫁过去。全镇的人也都认为这门亲事结得合适,不但门户相当,而且品貌相称。他们压下了微微的嫉妒心,一致恭喜两家老板,专等着喝那杯势必热闹的喜酒。

然而孙翠翠的美名被岩鹰带到了三十里外的白虎寨。盘踞在这里多年的匪首双枪胡新近丧妻,每夜无女不欢的他急需添补一个压寨夫人。为了避免传言有误,他带着两个手下潜往镇上,亲眼确认了孙翠翠的美貌。为了讨到这位未来夫人的欢心,他改变了过去硬抢的作风,命军师修了一封书信,带上丰厚的聘礼,送到孙记篾货店。孙老板拿信的手微微发抖,但他还是强作镇定,声明要跟婆娘和女儿商量。军师牢记大当家的叮嘱,始终满面堆笑,表示三天之后来听回音。在来人走后,孙老板强烈地后悔当初没有进城开店。老婆已经放声大哭,他来不及安慰,拿着信去找未来亲家商议。商议的结果就是两家一起去县城躲避,并在那里把婚事办了,然后请人出面斡旋,破财消灾。两位老板都是久经世事之人,明白事不宜迟,当晚就动身。但他们低估了那个枯瘦军师的心计。他离去时在镇上布下了眼线。通过飞鸽传书,双枪胡在他们动身半个时辰后就收到了消息。双枪胡不仅有快枪,还有快马。他带了二十个最精悍的手下,在离县城还有三十里路的岩口铺截住了两家的四辆马车。看到他那双凸起的眼睛和一脸的硬胡,少东家吓得尿了裤子。不待双枪胡拔出枪来,他就用军师塞到手中的笔写下了退婚文书。孙翠翠始终盯着火把映照下那张因恐惧而扭曲变形的脸。他手中的笔每动一下,她心上就像被划了一刀。递上文书后,少东家就垂下头去,连看都不敢再看她一眼。这让孙翠翠绝望得一头往车辕撞去。负责监视着她的二当家死死拽住了她。孙父还想做最后的努力,表示不但愿意奉上全部家当,还负责替胡爷找一个乖态女子,只求他放过自己的女儿。双枪胡哈哈大笑,说:"老子只看中她。"然后俯身把孙翠翠提起来,横放身前,对天放了一枪,纵马而去。军师临走时横着一对三角眼说:"你们是写了退婚文书的,要是捅到官面上,大家都不好看。不报官,我们大当家保你们一世平安。"

关于报不报官,两家起了争执。最后的决定权交给了少东家。少东家的脸在月光映照下惨白得像个无常,他吞吞吐吐:"报官也没用了。她今晚就会被……"下面的话他没有说出来,但所有人都明白了他的意思。感到一阵寒心,孙父铁青着脸上了车。车辆奔驰的方向依然是县城。

孙翠翠在没进寨之前就晕死过去。双枪胡明白已不可能让她甘心就范,不等她醒过来就破了她的身子。撕裂般的痛楚扯开了孙翠翠的眼睛。她咬着牙去抠那个野猪一样庞大的身子,双手却被迅速压住,丝毫不能动弹。她奋力啐了一口,嘴唇却被一张散发着浓烈酒肉气味的大嘴堵住。她想呕,却呕不出,只有紧紧闭上眼睛,流泻出的眼泪把那一脸胡子都浸湿了。

双枪胡三天没下床。甚至当孙父破产请来的保安团前来围剿时，他也只是命令二当家前去退敌。白虎寨地形险要，两门土炮、几杆长枪就能封住千军万马。在两名士兵受伤后，领头的连长觉得已经对得起那些钱财，下令撤退。双枪胡派军师追了上去，送上三百大洋和十坛好酒，表示情非得已，按自己的本愿，是绝不肯跟官面上的人为难。连长也是草莽出身，大手一挥示意收下礼物，并让军师转告双枪胡，自己久仰他是条好汉，要不是军令在身，也绝不肯跟他为难。为了表示他说这话的诚意，连长令人奉上一只花口小撸，托军师转送给双枪胡。至于那三百大洋，有一半被他收入私囊，另一半散发给部下。受伤的两个士兵各得了三十，治疗费用自然由县府负责，也算是没白挨枪子。

　　孙父得到消息，对着白虎岭方向哭了一场，就举家迁往县城。对于南货铺老板居然还有脸继续留在镇上，他极为不齿，甚至觉得没跟这样的人结成亲家，也算是不幸中的万幸。他把复仇的希望寄托在儿子孙俊峰身上，决心等他稍大，就送他去报考军校。他看清楚了，这年头手里没有枪，再大的家业也像篾货一样，编得再牢再好看，别人两脚也就踩烂了。

孙翠翠无从知晓他父亲的复仇大计。她曾有机会跳崖，但盯着那看不见底的山谷，她想就这样死去，实在不甘心。她又想起那张在火把映照下面无血色的脸，觉得为那样的人死去，更加不值。她转身折了回来，没走几步就碰上四处寻觅她的双枪胡。让孙翠翠自己都惊异的是，她竟然抛去了一个浅笑。这浅笑让双枪胡大喜过望，他认为自己的雄风已经征服了这个在床上扭得像蛇一样的女人。

双枪胡粗硬硕大的家伙确实捅开了孙翠翠的情欲之门，但他臭烘烘的大嘴和扎人的胡子无法让孙翠翠真正喜欢上。两人行欢时，孙翠翠闭上眼睛，想象着另一个人的脸。这张脸开始属于镇上的那些后生们，慢慢地，把他们都想厌了，就索性换成寨上的土匪。有时是二当家，有时是某个健壮的年轻土匪。这般想着的时候，快感像潮水一样喷涌出来。她双手死死抠住双枪胡的肩背。现在就算把他抠伤了也没关系。

双枪胡认为自己床上这杆枪和手中的枪并驾齐驱，双枪胡双枪胡，该是指这两把枪。不过他也明白，大家认的是他手中大小两把驳壳枪。孙翠翠头次看双枪胡练枪法时，脸上的惊惧之色只有小半是伪装出来的。大多时候，她都捂着耳朵。但每当双枪胡击碎土匪头顶的瓦罐时，她还是放下手来鼓掌。尽管双枪胡以枪法精湛闻名绿林，但三十步外顶着瓦罐的几个土匪还是很有缩脖子的冲动。尤其当他打得兴起双枪连舞时，那些蹿涧越岭毫不含糊的腿杆子便未免发软。但就算尿了裤子他们也不敢有丝毫躲避——曾经有刚上山的土匪缩过脖子，还没直起来，脑壳就被打爆了。双枪胡还不准他们闭眼睛，宣称是给他们练胆，仿佛这些人不是舍命在陪他练枪。他还有其他练枪方式，比如在黑夜中打灭香头，比如击伤飞鸟的翅膀让它歪歪扭扭在空中挣扎一番然后掉下来，但都比不上打碎人头上的瓦罐让他兴致勃发。他喜欢看那些恐惧的表情。比起他的枪法来，双枪胡不加掩饰的残暴更让部下和对手战栗。只有面对喜欢的女人时，他眼中的残暴之色才会暂且褪去，代之以同样不加掩饰的情欲。

孙翠翠无数次想去摸他的枪，但直到半年后在寨中闲逛时，双枪胡随手打下了一只飞过头顶的山雀，她才提出要打只鸟试试。双枪胡哈哈一笑，将那只打麻雀的小驳壳枪交给她。孙翠翠等到了一只八哥，钩下扳机的时候几乎闭上了眼睛。但她还是勉力睁开，驳壳枪却在手中跳了一下，几乎要脱手跟子弹一起飞去。但她终究没有让它脱手。只是那八哥吓得一颠一拐飙走了，显然连根毛都没挨到。孙翠翠把嘴巴嘟得可以挂起这把驳壳枪，又怨它不听话。双枪胡嘴巴咧得更大了。孙翠翠把枪塞到他手里，同时抛去一个白眼，说："这是你们男人用的枪，要找把女人用的枪，我才打得到鸟。"

见她说得有趣，双枪胡道："好，好，下次给你找把女人用的枪。"

随侍的小土匪说:"大当家,那把花口小撸你嫌太小,要我锁在箱子里。我都怕你忘了。"

双枪胡还没开口,孙翠翠就说:"什么花口小撸,这个名字好有味道,快拿来让我看看。"

瞟了眼双枪胡,小土匪没有挪步。

拉着双枪胡的袖子,孙翠翠把脸贴过去说:"你答应我的,可别小气。"

"还不快去拿来!"

等枪送到手里,孙翠翠翻来覆去地看了两回,说:"这枪好秀气,你看这些花纹,刻得好精细。怎么会有这么乖态的枪,比你的枪乖态多了,我欢喜。"

"你看枪就好好看,别拿枪口对着自己。"

"怕什么,我不去抠,子弹又不会自己跑出来。"

担心她玩枪走火,双枪胡只得告诉她保险栓关上是什么样,拉开又是什么样。孙翠翠拉了一下,又推回去,说:"这个好容易,比编篾货容易多了。"

小土匪指着侧前方的一棵椿树,压着嗓门说:"那上面来了只鸟。"

孙翠翠又拉开保险,对着树上开了一枪。鸟弹了起来,扑腾着钻进林子。

跺着脚,孙翠翠说:"我怎么老打不中?"

见她一张俏脸通红,双枪胡呵呵笑道:"你才摸枪,就想打中鸟,你以为你是神仙?"

孙翠翠哼了一声,说:"不玩了,下次再打。"然后把枪递给小土匪,说:"你替我好好收着,这是我的枪,不准给别人碰。"

小土匪笑嘻嘻地说:"要是大当家想碰怎么办?"

孙翠翠说:"他也不准碰。"

小土匪做出为难的样子,望着双枪胡。

双枪胡摸着胡子说:"这种小鸡巴枪,我还不想摸呢。"

"真难听,不准你这样讲它。"

双枪胡仰天大笑,搂着她的腰回房去了。

此后孙翠翠也并非每回陪双枪胡练枪时都要玩花口

小撸。三四回中有一回，她表现出兴致来了，才会叫小土匪把花口小撸取来。更多时候，她是看双枪胡怎么瞄准，怎么射击，并及时奉上夸奖。双枪胡觉得她床上床下都跟自己合得来，真是打着灯笼也难寻，真是抢对人了。想着当初对她家人那样，竟还有些过意不去，便跟她商量着趁中秋节的时候派人送份厚礼到岳丈家。孙翠翠听了，半晌不语，只是垂泪。双枪胡见她如此，又心疼又窘迫，说："你到底是个什么主意？总要吭个气。"

掏出手帕抹了抹眼睛，孙翠翠说："我现在身子都给你了，自然是你的人。但我爸的性子，你是不晓得的。你派人去送礼，他是肯定不会要的，只怕还要跳起来大骂一场，连我也要骂进去。我是见不了祖宗的人了，何苦再去招他们生气。"

"那你还在恨我？"

幽幽地叹了口气，孙翠翠说："我已经是你的人了，讲什么恨不恨呢。"停顿了片刻，她又说："要讲恨，我恨的是开南货铺的那一家人。平常过得欢喜，但只要一想起他们，我心里就憋了口气。"

"这个容易，我马上派人去烧了他家的铺子，替你消这口气。"

"烧铺子是便宜他们了。我要他们，去死！"

孙翠翠咬着牙，眼睛中射出两道寒芒。这情状看得双枪胡一愣，随后他大声说："好，你想怎样就怎样！"

孙翠翠抬起头来一笑，说："你是真正的好汉。跟了你，我才晓得有些男人根本不算男人。"

双枪胡兴致勃发，大笑着把她抱到床上。

南货铺老板一家在后院赏月纳凉，笑语融融。刚进门的少奶奶陪婆婆嗑着瓜子，刻意不去看丈夫情意绵绵的眼神。作为媳妇，她在公婆面前不能多话，便直瞅着墙头上的月亮。想起丈夫曾用月亮来比自己身上的某个地方，她脸便有些发烧，目光又挪下些许，去看墙头后那影影绰绰的山峦。突然她尖叫了一声。

许多人头从墙后冒了出来。

红绸束腰的孙翠翠从前门走进来,一眼看到那个少东家缩在竹躺椅上,瑟瑟发抖。那张因恐惧而扭曲的脸在月光下无所遁形,显得异常难看。她感到一阵悲凉,心想:"我怎么就喜欢他呢?"

见她出现,少东家仿佛看到了救命草,从躺椅上滑了下来,在地上爬了几步,才撑起身子,抬头望着她,说:"我对不住你啊。求你看在以往的情分上,放过我们吧!"

想起他过去的温柔眼神和甜言蜜语,孙翠翠顿时心软得像还没出锅的麦芽糖。她想扭头就走,这辈子再也不见这个人,彻底忘记这个人。这时少奶奶也走过来,跪在丈夫身边,颤声求情。看见她头上晃动的凤钗和那张比自己还娇嫩的脸,孙翠翠的心又凝成了石头。她冷笑一声,说:"我和你有什么情分?"

少东家不敢再说什么,只是连连磕头。

南货店老板说:"翠妹子,你不看僧面看佛面,我和你爸爸是老交情了。"

孙翠翠啐了一口,说:"你还好意思提他。"

双枪胡说:"翠姑,我们先走,让弟兄们动手。"

少东家放声大哭。

孙翠翠摇摇头,从腰间拔出花口小撸,用枪口撬起他的下巴。直视着这张曾让她在很多个夜晚都心潮起伏难以入眠的脸,她生出种深深的凄凉感。她明白只有一种方式可以让这张脸像尘土一样从心头散去。她把枪口稍稍回收,迅速移到了他的眉心。

土匪们轰然叫好。

少奶奶晕死了过去。

孙翠翠命令人用冷水泼醒她,然后剥光她的下身。

双枪胡凝神观看。其他土匪也弄不懂孙翠翠究竟想干什么,好些半张着嘴,愣愣地看着。

盯着少奶奶那如待宰羊羔的眼睛,孙翠翠把枪管慢慢插进她的下体,扣动了扳机。

众土匪都觉得脊背发冷。

孙翠翠很快学会了骑马。当她一身短装、红带束腰,驰骋在双枪胡身后出去打家劫舍时，没有人认为她不够格。土匪们都称她为大嫂，有些年长的家眷私下里唤她翠姑。无论怎么叫，孙翠翠都答应得爽脆。她跟所有的家眷都勤于来往，热心帮她们排忧解难，对双枪胡的手下也很体恤，因而赢得了普遍的爱戴。军师对此暗生忧虑，私下里提醒双枪胡，说大嫂太得人心了，是不是收了她的枪，让她专门在寨里打理庶务。双枪胡哈哈大笑，说："我婆娘得人心，就是我得人心。我去外面，她也要跟着，那是她放不下我。未必你还眼红？"这末尾一句让军师讪讪而退，自此再开不得口。

二当家起初与孙翠翠保持着审慎的距离。他没有忘记当初是自己把她硬拽住的。他认为孙翠翠也绝不会忘记。二当家比双枪胡年轻十岁，瘦削、长身、不爱说话。除了打劫喝酒练武之外，他喜欢独坐在寨中那些突兀巨大的岩石上望着天空和远山发呆。他其实不愿去想贫穷困苦缺少关爱的童年和少年生活，却总是不由自主地陷入那些凄惨的回忆中。这令他神情一年比一年阴郁。他拥有将女人娶进寨中的资格,却宁肯下山去找妓女。他觉得当土匪讨老婆等于是把家安在刀口上,随时会被劈碎。哪怕有时欲火高涨胯下无人,也比这种感觉容易忍受。面对双枪胡死了一个夫人又抢一个回来,他只能承认老大比自己心要宽。这个夫人比前头那个更年轻,更漂亮,而且,慢慢地就能看出来,更厉害。与军师的忧虑不同,二当家是担心她报复自己。但孙翠翠像是忘记了当初的事,对待他跟其他人一样,并无半分冷淡,甚至有时还表现出特别的体贴,比如当他单独带队出去打劫回来,孙翠翠会派人送上一碗鸡汤表示慰劳。初次接到这碗汤时,二当家盯着它发了一小会愣,然后慢慢地喝下了。事后孙翠翠也没问他滋味如何。实际上那是二当家尝过的最好喝的鸡汤。孙翠翠不但厨艺上乘,针线活也是一流。她组织起几个手巧的家眷,负责给土匪们缝补破损但还舍不得丢掉的衣服。孙翠翠不但负责督导,还会亲自参与。比起开枪来,她显然更喜欢边做针线活边跟同伴们聊家常。补好的衣服会由专人送给各自的主人。二当家的衣服是由孙翠翠身边的丫头送的。

看着那些熨帖细密的针脚，二当家想问点什么，但最终没有开口。有一次见他看得认真，丫头笑着说："二当家，你的衣服可都是夫人亲自补的。"从此那些衣服穿在身上就有异样的感觉。这感觉每当见着孙翠翠时，就更加强烈。二当家为了掩饰，只有低头沉默。但他又担心这沉默会让孙翠翠不高兴，误会自己不领他的情。于是有次等丫头来送衣服时，他从箱子里翻出一匹细纹洋绸，说是孝敬给大嫂的。孙翠翠事后也没表示感谢。只是没过多久，他发现月白色的洋绸化作旗袍上了孙翠翠的身，剪裁得该凸的地方凸，该凹的地方凹。孙翠翠正在跟别人说话，却特意瞟了他一眼，带着温情和笑意。二当家低下头去，喉结费力地滚动了一下。

某个晚上二当家坐在岩石上，让风吹凉自己身体里波动的欲望，却越吹越汹涌。他实在难以抑制，便滑了下来，靠着岩石，对着不远处黑黝黝的山林自我发泄。起初他是睁着眼的，后来闭上了，头往上仰。就在欲望像潮水在闸口越聚越猛的时候，他陡然听到细碎的脚步声。还没来得及提上裤子,一道月白色的身影从岩石旁转了过来。在看清对方的脸之前他就知是谁了。他窘得脖子都烧了起来。他听到比那些缝补好的衣服更体贴的声音:"老二,你也别太憋自己了。"还没来得及回答,孙翠翠已经贴了上来。他想退开,但后面是岩石。柔软的手臂无声地绕上他的脖子,然后是更柔软的胸脯。孙翠翠的嘴唇刚够着他的下巴,她吐气如兰:"老二,你想,我就给你。"

二当家战栗起来:"你不怕大当家?"

"他喝醉了,睡得像死猪。"

"你不欢喜他?"

"他太老了,身上又好臭,我其实一点都不喜欢。"

孙翠翠说完,就开始扭动身子。

二当家再也忍不住,一把捞起她的旗袍下摆。

孙翠翠日益艳丽。如果说,她刚上山时像一株鲜嫩青翠的稻苗,现在则变成了一朵山茶花,每层花瓣都已充分打开,却还沾着朝露。她是刚刚抵达饱满状态的,是渗出湿漉漉的情欲却还带着清新之气的，让二当家深陷其中不能自拔最后也不想自拔。抓住一切保险的时机，他和她疯狂地纵欲，却仍然感到难以满足。孙翠翠的美丽娇艳、婉转多姿固然令他迷恋，更重要的是他能从她的怀抱和细语中获得从未有过的慰藉。他甚至开始痛恨双枪胡现在外出总要带上孙翠翠而让自己留守寨中。每次送行时他总能看到孙翠翠那有意无意间的一瞥中抖搂的哀怨和无奈。在他们走后，他会变得狂躁起来，一改阴郁而镇定的做派，让手下感到无所适从。实际上，最无所适从的是他自己。他不敢去想将来的路怎么走，却又不能不去想，而想来想去却是陷入更深的迷茫中。直到有一天孙翠翠贴着他的耳朵说："我有了。"

他愣住了，还没回过神来，又听到她的低语："不是他的。"

像是耳边响了个炸雷，眼前又有电光一闪，刹那间他看见了一条遥远的前路。

"我们离开这里。"

孙翠翠低下头去，沉默着。

"你不心愿？"

"不是不心愿。你悟一下，我们逃得脱吗？就算是逃到云南四川，依他的性子，还是会把我们捉回来。被他捉住了，那就只有死路一条。"

想起双枪胡的手段和性子，二当家觉得自己无从反驳。

"干脆你去替我买服打胎药，这样最省事。只是可怜肚子里的崽。"孙翠翠说着便啜泣起来。

"不行，这是我的崽。"二当家像是受到了最大的侮辱，全身的血都往头顶冲。

"那怎么办？"

二当家再次感到深重的迷茫，仿佛又回到孤苦无依的童年时候。好在眼前毕竟跟从前不同。眼前有孙翠翠。

"你灵性些，你讲怎么办？"

孙翠翠垂下眼帘，过了好一会才抬起头来，瞄着他的眼睛说："要不，把他干掉。你来当家，我做你的压寨夫人。"

二当家战栗起来。

"你要是不敢,就当我没讲过这话。"

孙翠翠的脸色迅速冷下来,目光中甚至泄露出鄙夷之色。虽然只是一丝,这一丝却深深地刺痛了他。

他抓紧她的手,问:"什么时候动手?"

"想动手就要快,时间长了,要是被他发现我俩的事,那就惨了。就现在,你看要得不?"

喉结艰涩地滚动了一下,二当家吐出两个字:"要得。"

"我先去看看他睡醒了么?要还在睡,我就把别人支开,伸出手在门口舞三下白手帕。你记得,最好用刀,莫开枪。开枪怕别人听到。"

孙翠翠临去前还亲了他一口,叮嘱他千万小心,发现有什么不对就别进屋了,以后找机会再动手。看着她躲躲闪闪地离去,他咬了咬牙,下了决心:事情再难弄,今晚也要了结。

将短刀从双枪胡脖子抽出来时，二当家心里竟像空了一块。他没想到这么容易得手，竟有些手足无措，转过身去寻找孙翠翠。孙翠翠就站在十步远的地方。他先看到她脸上刻毒的嘲笑，然后才看到她手中的枪。二当家毕竟没有喝醉，多年的刀口生涯练就了非凡的反应，他迅速往旁边打了个花滚。但孙翠翠已经能够击毙飞鸟的枪法足以克制这种有效的避弹方式。枪响了。二当家的花滚没有打完，整个人就突然散了架，摊开在地上。孙翠翠直接爆开了他的头，连让他再看自己一眼的机会都没给。她走过去，俯下身，拿起了那把刀，却凝固在半空。直到脚步声隐隐从屋外传来，她才咬着牙，对着自己的脸颊划了一刀。

　　说辞早就准备好了：老二进屋来看到大当家酒醉不醒，想非礼自己。自己不从，他就亮出刀来威胁。自己还是不肯，和他扭打起来，结果把脸都划破了。大当家惊醒过来，他便扑过去把大当家杀了。自己趁机开枪杀了这个畜生。孙翠翠说到后面，指着二当家的尸身，跺着脚说："这真的是个畜生，比畜生还不如！"

孙翠翠的愤恨引起了不少土匪的共鸣。等到那些家眷们全部赶来后，悲痛和愤恨的走向就基本上拽在她手里。当然，还是有人疑心暗生。但面对她脸上那道深而长的刀口，这些人大多无力提出质疑。瞥见坐三把交椅的军师目光闪烁不定，孙翠翠不待他开口，就下令把二当家的尸体拖出去喂野狗，然后又吩咐人连夜下山去购买寿木寿衣，三天后举行大葬。她的命令得到了执行，那些年轻的土匪们表现得尤为积极。军师蜡黄的脸色难掩隐隐的怒意还有惊惧。和几个老土匪交换了眼色后，他想先悄悄退走，孙翠翠的一道命令却勒住了他的脚步：烦劳军师带人布置灵堂。

孙翠翠没有先去疗伤，也不肯让别人代劳，坚持给双枪胡洗尸换衣。这一做法很快通过那些来回奔忙的家眷传进全寨的每一双耳朵。有的家眷描绘道："翠姑边给大当家换衣边掉眼泪，哎呀呀，看着就心疼。"

几个老土匪听闻后都不自禁地点头。

有个说："大当家终归是她头个男人，心里还是割舍不下。"

另一个说:"开始是抢来的,后面在一起久了,也就慢慢生出情义来了。"

军师本想说点什么,但开始是碍于身边频繁穿梭的女眷和站得不远的几个年轻土匪,后来听他们这样一说,便打定主意暂不开口。

对于要不要邀请本县其他土匪头目来参加葬礼,孙翠翠和军师首次也是最后一次当面产生争执。军师指出大当家生前喜欢热闹,交游广阔,这场葬礼当然是办得越风光越好,才跟他老人家的威名相衬。要是不请,不但对不起大当家,只怕道上的朋友也会觉得我们失了礼数。军师这一席话,几乎人人都觉得在理。有人随即说:"是要这样。大当家生前轰轰烈烈,走的时候也要轰轰烈烈。"

孙翠翠站了起来,说:"我也想他走得轰轰烈烈。但你们想想,大当家是怎么死的?是被自己的二弟杀死的,而且连还手的机会都没给他。他英雄了一世,死得却这么窝囊。传了出去,你们讲这到底是风光呢还是出丑?"说到这里,她哽咽起来,红着眼睛扫视着全场。目光扫到哪里,人头就低到哪里。那批最早跟随双枪胡的土匪更是又丧气又悲愤,后悔没有把老二的心挖出来吃掉。

"还有,我听大当家讲过,这么多年,想把白虎寨吃掉的人不是没有,有官面上的,也有道上的。全赖大当家英雄了得,众兄弟肯出死力,才能够撑到今日。现在大当家没了,那个杀千刀的老二也被野狗吃了,没有一个主心骨。我们要是到处报丧,道上人晓得了,要是讲义气的还好,就怕有那包藏祸心的,趁机火并。就算是自己不动手,暗地里撺掇官府来扑寨。白虎寨保不保得住,难讲。"孙翠翠眼泪簌簌而下,转身奔向双枪胡的灵柩,伏在上面说:"大当家,你教会我开枪,你教会我骑马。我杀了老二,算是给你报了仇。现在你也要显下灵呢,莫要教白虎寨毁在我手上。"

军师嘴唇嚅动了两下,却觉得怎么讲都像是意图毁掉白虎寨,便向一个心腹使了个眼色。那心腹正要开口,有个年轻的土匪已经喊了出来:"大嫂,你给大当家报了仇，你讲怎么办就怎么办。"

更多的人跟着喊起来："大嫂，你来拿主意，我们听你的。"

孙翠翠静默片刻，方转过身来，掏出手帕擦了擦眼睛，说："依我看，这几天全寨加强戒备，直到把大当家的丧事办了。大伙都是跟着大当家上过刀山，闯过火海的，现在一起把他送走，这丧事也不能讲就是冷清了。我们自己办得热闹就行。外面的人以后问起来，就讲大当家是得急病过世的，这样也算保住了他一世英名。"

等众人纷纷附和后，孙翠翠才对军师说："三哥，你看这样办行么？"

军师只有点头。孙翠翠便请他主持丧礼，自己则调派人手加强寨内寨外的防护。军师嘴上领命，心里却懊恼不已，后悔自己以往不留心刀马功夫，专在心计上做文章，紧要关头却撑不起局面。但他还是不死心，在丧礼筹备期间不忘偷偷把服侍双枪胡的那个小土匪唤来盘问。小土匪平日里得孙翠翠照顾不少，那时又是跟孙翠翠的丫鬟私会去了，任军师如何试探，只说自己当时肚子疼，去了屋后毛坑，听到枪声才忙拉起裤子跑过来，然后又说自己负责传令，不敢在这里待久了，怕大嫂责骂。军师也不敢过分逼迫，眼睁睁地看着他走了。

双枪胡入土后，孙翠翠在他的灵位前继任寨主之位。她借口老二糟践了第二把交椅，永远废了那个位置。军师无力抗争，带着几个心腹连夜逃出白虎寨，却中了孙翠翠早就设在道上的埋伏。领头土匪受了孙翠翠的密嘱，没有带活口回来。一些老土匪难免暗生疑惧。但军师犯的是叛逃大罪，孙翠翠的人在他身上搜出了投奔另一伙土匪的拜帖，所以他们无法替他叫屈。孙翠翠觉察到了这种暗中涌动的情绪，对这些人厚加抚慰，还常常主动请教，让这些人感到自己仍是山寨中不可缺少的人物，甚至比双枪胡在世时更重要。局面稍稍稳定下来。半个月后，另一个山头的土匪听说一个女人当了山寨之主，觉得是个吞并白虎寨的好机会，遂兴致勃勃地聚众来攻。被端掉的危险令全寨空前团结。孙翠翠穿一身孝服，花口小撸插在腰间，手挥部下敬献的一把钢蓝色全新驳壳枪，始终站在最危险的地方。她不比双枪胡更勇猛，却在指挥上表现出了过人的天赋。依靠白虎寨险峻的地形，也依靠全寨人被激发出的哀兵情绪，她让来敌在倒下二十来人后不得不撤退。有人提出乘胜追击，孙翠翠却意识到了其中潜藏的危险，下令收兵。她站在岭头，双手叉腰，夕光在她俏丽的脸盘和那道触目惊心的刀疤上流动生辉，所有的人都在内心深处感到震动和慑服。

　　孙翠翠后来派人把那些尸体送了回去，并让新请的军师，一个被土豪霸占了妻子的中年私塾先生修了封书，信上说自己是新寡之人，肩上压着全寨人的性命，为了对得起先夫创下的基业，不得不刀枪相见，实非本愿。以后还请看在先夫的薄面和同道的情义上，多多照拂。这封信让对方匪首又羞又愧，当场扇了那个献计火并的手下几个大嘴巴，然后派人送了几坛酒和一些鸡羊过来，声明自己本意只是上山拜祭胡大哥，不想惊扰了嫂子，实在对不住。

今后只要有嫂子在,那就跟胡大哥生前一样,两寨修好,永不相犯。

孙翠翠的这番作为很快传遍方圆百里。各界都啧啧称奇,一致推举她是个女中豪杰,死去的双枪胡也兼带沾了光,因为他连抢个压寨夫人也抢得这么好,眼光确实奇准。只有孙翠翠的父亲气得咯血。孙母则暗地派人送了封信,求女儿回去,哪怕不嫁人也不打紧,就在家里平平安安过一辈子。孙翠翠的泪水当时就把信打湿了。她对来人说:"你看我这样子,还回得去吗?"她凄惨无比的笑和那道刀疤让来人心里发毛,无语而退。

在以后漫长的岁月中,孙翠翠在黑风岭上练枪、骑马,并学会了喝酒和赌博。她很少下山,外出打劫的事通常是交给手下。几个能干强壮的年轻土匪逐步被她提拔到头目的位置上。他们对她忠心耿耿,迷恋不已,因为孙翠翠不仅是他们的老大,还在许多个风轻月白的夜晚秘密引导他们进入大欢喜的境地。孙翠翠雨露均施,从不表现出偏爱哪一个。寨里人慢慢都知晓了,慢慢地也都习以为常。更年轻的土匪们则暗怀激动,奋力表现出自己的勇敢和能干,以待某一天被大当家看上。孙翠翠获得源源不断的滋养,当寨中女人普遍呈现萎黄迹象时,她还是容光娇艳。那道刀疤甚至替她平添了某种奇异的魅力。她的风流之名和云雨之技让道上其他匪首跃跃欲试,孙翠翠却只让势力最大那个领略了自己的滋味。白虎寨虽然寨狭人少,但从此稳如磐石,无人再敢打它的主意。

孙俊峰回到家乡时,确实没有辜负已经去世的父亲的期待,领着一支意气昂扬的部队。但这不是国民党的部队。他在军校读书时就被发展为中共地下党员,毕业后义无反顾地去了北方的根据地。他现在的任务是肃清整个飞龙境内的土匪。与国民党的武力恐吓和新瓶装旧酒的所谓收编不同,他擅长以政策宣传开道,劝说那些大多是贫苦出身的土匪放下武器,回到本来就属于他们的乡村和田地。对于冥顽不化的那一部分,他则以雷霆之势发动攻击。这支新部队的装备未必强于国民党的部队,但灵活多变的战术和坚忍耐劳的精神让最剽悍的土匪也感到了恐惧和绝望。那个与孙翠翠有云雨之情的大土匪顶着临时颁发的国民党少将师长的头衔，联合几股土匪组织起飞龙反共救国军，与孙俊峰在群山中展开拉锯战。孙翠翠并没有加入。她约束部下藏身寨中，静观事态的发展。其实她早收到了孙俊峰的信，却一直在纠结如何面对自己的亲弟弟。直到那个所谓的少将师长被击毙在一个山洞中，她才下了决心，派人去了县城。除了要求弟弟善待投诚的部下外，她还提出不要他上山，她会把一切都安排妥当。孙俊峰只有强行压住尽快跟姐姐见面的急切心情，派人前去接收。

一切都进行得顺利。土匪们习惯了听从孙翠翠的安排。飞龙反共救国军的覆灭也让他们看清了前面只有一条生路。孙翠翠面如止水，除了跟交接人员说了几句必须说的话之外，她就坐在交椅上，看着手下忙碌。按照规矩，投诚的土匪们必须进城接受短期集训。孙翠翠却没有立刻动身，而是提出武器先带走，人第二天进城。接收人员用通信设备向孙俊峰汇报后，先把武器运下了山。

当天晚上,孙翠翠把军师喊到房中,口授了两封信,一封给部下,一封给孙俊峰。军师写着写着就开始手颤,数次停下笔来。他说:"大当家,一定要这样吗?"

孙翠翠笑了笑,说:"这是我最好的归宿。你不要难过,我这一辈子能做的差不多都做了,不能做的也做了,比这世上很多女人都活得值。"

军师是流着泪走出去的。跨过门槛的时候他回望了孙翠翠一眼。那张脸无悲无喜。令他感到惊异的是,那道疤痕似乎消失了。

孙翠翠洗了个热水澡,换上最喜欢的翠绸旗袍,穿上黑缎金边寿鞋,又坐在镜前细细给自己梳出少女时代钟爱的刘海,然后躺在床上,用那支并未上缴的花口小撸对准自己的左胸。

遵照她的遗嘱,土匪们在下山途中把她葬在万竹坳的竹海深处。没有立碑,没有培坟。

孙俊峰早早在城门前迎接姐姐,却只接到了一封信、一把花口小撸和一支面容沉肃的部队。他低头看完信,不顾保持首长的威严,当场放声大哭。

土匪们也跟着大哭起来。

孙俊峰后来坚决辞去地委书记的任命,重返北方,再也没有回来过。

发表于《解放军文艺》2017年第6期

赶尸三人组

或许是想寻求一种无害的刺激来平衡生活的寡淡无聊，或许是真的想探明本地这种早已成为传说的职业是否存在过，或许二者兼而有之。总之，他们在深夜的夜宵摊喝完最后一瓶啤酒，嚼完最后一颗油爆花生米，摇摇晃晃回到家，第二天爬起来后并没有忘光此事。至少杨红卫和麻定国明显觉得一想起此事就提起了劲，而在他俩身上，那种活着没劲的感觉像一床厚棉被，捂得太久却又不想动弹，现在他俩终于有了一脚蹬开一跃而起的冲动。廖伟则无可无不可，他只是不想扫朋友的兴罢了，就像当年那两位在小巷里调戏一个落单的姑娘,他尽管兴趣不大还是上去摸了一下那张因惊恐而变形的瓜子脸。三人在单位都是闲人,可有可无,或许连这单位也是可有可无的。白天他们有大把的时间研究这件诡异的事,晚上则聚在夜宵摊上展开长久的讨论。他们常去的那家夜宵摊离桥头不远,桥对面蹲伏着黑黝黝的山峦。有时讨论到深处,三人突然沉默下来,齐齐向桥上望去,仿佛一队尸体从山那边过来,在赶尸匠的带领下缓缓上桥,僵硬而庄重地行完回归故土的最后一段路。他们顿时悚然起来,悚然过后却迸出一股深入骨髓的快意,推动着他们继续深入探究。

最初的研究是在网上搜索各种资料。他们很快汇总整理出一份材料。单位打字室的小妹看到题目:赶尸研究,吃惊得眼睛像是要弹出来。不过尽管这跟单位业务八竿子打不着,她还是匆匆排了一下版,打印出来。低头递材料时,她的手几乎抖起来。好在杨红卫一把扯了过去,转身就走,没有注意到她的异常。她也悟不清心中的恐慌为何而起，对着电脑呆坐了一会，便决心忘掉此事，点开了麻将游戏。

　　这份材料内容丰富而驳杂，有不少含糊甚至自相矛盾之处，这引发了他们接下来许多个夜晚的热烈讨论甚至是激烈争论。首先能够确定的是，本县是赶尸的发源地。在解放前，许多本地人挑上一副货担，或者背上做木匠、篾匠、瓦匠活的家伙，外出去讨生计。往西可到四川，往西南可到贵州和云南。找到落脚的地方，便托人带个口信给屋里人。若是盘活自己之外还有盈余，又没有全花在嫖赌上，总能寄些钱回来。至少到了年关，人也会回来一趟，在家中盘桓一两个月，等天气转暖，又出去闯世界。这些人在外面晃荡过了，就不能再安心总是待在老家。（看到此处，三人都想起自己半生就耗在这个巴掌大的县城，简直是愧对先人）但西南之地山高谷深，虽然人不及这边的头脑活泛，凶险之处还是甚多，在外谋生又难免冲霜冒雨，甚至染上瘴气，如果许久不见音讯，屋里人便在一种无奈的哀戚中默默等待。那个最后的口信抵达后，她就会行到赶尸匠家中，用压得很低的声音说，师傅，请你去赶一趟脚。赶尸匠问明地址，收下预付的二十吊铜钱，便掏出张黄纸，请未亡人把死者姓名、生辰八字、死亡日期写好，然后画道符贴在黄纸上。换上法袍，黄纸掖进袍里，他就上路了。那边已有老司将尸体做了处理，赶尸匠付给老司一部分钱后，便将尸体赶回来，再收取另外的二十吊。这种需要打个来回的费用最高。还有一些赶尸匠本来就在异地谋生，他们每具尸体统共只收二十吊，但会等着死上好几个人，将尸体一起赶回来。这笔费用要么是由死者生前付了，要么是由同出谋生的老乡垫付，回来后未亡人再归还并附上谢礼。不管怎么付，开销都比用棺材运回来低廉得多。即便不计开销，从云贵川到本地，一路上山道崎岖，峰险坡陡，抬着副棺材，许多地方简直没法通行。当然，至少四川可以行水路回来，但船家最忌讳死人上船，认为必招致舟毁人亡，给再多的钱也不愿揽这种晦气活。有些在东边或北边死掉的人，也可以赶回来。但东不过靖州，北不过常德。因为出了这些地界，便不是本族先人的鬼国辖地了，就算是法力精深的老司，也赶不动。说到本族最早的先人，那可赫赫有名，乃当年跟黄帝老子争天下的蚩尤爷。杨红卫还清晰地记得小时候老辈子提起这桩事时都是撇着嘴巴对黄帝老子表示不屑，认为他是靠找人帮忙才赢了那一仗的，论真实本领，十个黄帝老子也不是蚩尤爷的对手。但蚩尤爷终究是败了，死了很多兄弟和族人。撤退时蚩尤爷不忍心把他们的尸体抛在战场上，命令军师想办法带回去。军师手持蚩尤爷赐予的符节，口念咒语，顿时生起漫天大雾，困住了黄帝的追兵。尸体们都在雾中站了起来，跟随他长途跋涉，回到南方山地后，才重新倒下。这位军师就是老司之祖，也是所有赶尸匠的祖师爷。老司拥有包括赶尸在内的诸多法力，但赶尸匠只会赶尸。然而即便是赶尸一门，也深不可测，比如让尸体在路上不腐烂（杨红卫据此认为祖先很早就拥有了先进的科学技术，说苗人落后，根本是个谎言，是黄帝老子那帮家伙的污蔑。另两人虽然没有立表明确赞同，但也都含含糊糊嗯了一声）；比如防止随时可能发生的尸变（一想到在荒山野岭中身后的尸体突然扑上来，三人后脑勺都冷飕飕的，连忙灌了口酒）。这两样本领虽然厉害，但都比不过那个最精深、最神奇也是最重要的法门：把魂魄封在尸体内并让他站起来（三人在这一项上展开了数次长时间的争论）。

麻定国怀疑这个法门的存在，他点着资料上的某页说，赶尸就是把尸体的两条胳膊绑在两根竹竿上，尸体穿的黑衣袖子很长很大，竹竿很细，从腋下穿过，袖子遮住竹竿，前后两人把一串尸体扛起来行，尸体就像在跳着前进。除非有人凑近，打着火把来看，否则是发现不了竹竿的。但没人会接近夜路上的赶尸匠。至于白天，白天赶尸匠在死人客栈里睡觉，尸体靠墙站在房间门后。店里伙计只能把饭菜放在门前，敲几下门后离开，由赶尸匠开门自取。赶尸匠在天亮前抵达，在天黑后离开。掌柜收钱时都是低着头的，他们不但害怕去看赶尸匠的身后，连赶尸匠的脸，也不敢直面。所以这个秘密直到赶尸行快要消失时，也没有被揭露。

廖伟既像是在跟他争辩，又像是在帮他进一步夯实怀疑。他说，离现在最近的赶尸，是在五十年代初期。当时一个南下的解放军战士黄昏时在路上碰到两个人。前面那人倒也罢了，后面那人特别臃肿，穿着大袖黑衣，戴顶高帽，额头上贴张黄纸，把脸都遮住了，纸上画着弯弯曲曲的红色符号，简直古怪到极点。虽然很快有旁人出来解释这是赶尸，战士还是不肯相信，怀疑是国民党敌特分子，便跟踪他们到了死人客店。战士虽年轻，办事还是有章法，先在伙计那里调查了赶尸匠点的饭菜，发现量大得足够寻常三个人吃，便硬闯进房间。但桌边确实只坐着赶尸匠一人，尸体就如伙计所言，按规矩站在门后。战士虽然气血旺，还是不敢朝尸体脸上那张黄纸伸出手，在房间转了一圈后，没发现什么异常，便退了出去。但他老觉得当中藏着什么古怪，夜里在床上翻来捣去睡不着，快要把床捣塌了，脑门前才起了思想的火花，想起桌上摆的碗筷是两副，那个赶尸匠既没有请伙计吃饭，也没有请自己吃饭，难道还请死人吃饭不成？第二天清早，他爬起来，用冷水把困意一把抹去，追上了赶尸匠。在他的命令下，赶尸匠虽然停了下来，却没有回头。战士绕到前面，还没开口问话，就发现不对：昨天这赶尸匠还是两只小三角眼，今天就变成了铜铃眼；虽然脸都生得丑，但丑得绝不一样。而且，高矮也不一样。战士拉开了枪栓，逼赶尸匠把尸体额头上那张黄纸揭下来，赫然就是昨天的赶尸匠，只是眼睛闭着，不肯睁开。战士用枪托逼着他睁开了眼，脱了黑袍。原来是有个死人，垂手垂脚的，在他身后挂着。两人轮流背，一天一换。之所以饭菜点得多，那是因为背着死人行路格外耗精力，必须多吃。最令战士气愤并不在这里，而是死人不完整，只有头和四肢是真的，躯体是用稻草扎的，这样背起来较轻松，也容易防腐。到了丧家，在赶尸匠将尸体装入棺材之前，其他人是不允许接近尸体的。死者寿服已穿得熨熨帖帖，家属凑前一看，那张脸在昏暗的灯光下恍然如生，似乎还有弹性，便忍不住放声大哭起来，哪里还有心情去细究当中奥妙。赶尸匠以防止尸变为借口，在家属看过后便将棺材盖合上、钉死。这个秘密也钉进棺材中，直到那个战士出现，才被掀开。这件事之后，赶尸行算是彻底消失了。回忆文章原载于县文史资料第一期，作者是本地首任副县长，可谓事实确凿，铁板钉钉。

"什么铁板钉钉，他要是还活着，老子钉穿他的腮帮，看他还敢不敢乱放屁？"杨红卫往小桌上拍了一掌，几乎把本来就松松垮垮的桌子拍趴下。他嘴里喷着酒气，眼睛喷着火，指出该县长也是个南下干部，是黄帝老子的后代，南方的事，根本就搞不清。赶尸从来就是夜里行，日里睡，从来没听说在白天也赶尸的。白天赶着尸体行路，不但人不答应，狗也不答应。他接着指出，那篇文章中说战士头次碰到赶尸匠时，看到他手里拿着个铃铛摇。其实赶尸匠用的是面小锣，叫作阴锣。夜里远远地听到这种锣声，其他人都会把狗喊进屋，把门关得紧紧的。赶尸匠倒不怕狗咬，而是怕狗惊扰了尸体，闹出尸变来。

杨红卫的姑祖母年少时曾在行夜路时碰到过赶尸的，所以他自觉是个权威，而且对尸体会自己行路深信不疑。

当廖伟怯怯地提出不同意见，说听老辈子讲赶很多尸体确实是两个人而且也用竹竿时，他恨恨地喝了口酒，横着眼睛说："酒有假酒，赶尸的里面也有假冒伪劣产品，你们懂么？"

麻定国说："那他们也收到了钱，也把尸体赶回来了。"

"那叫抬回来，法力不行。"

"尸体没有腐烂，还是有法力的。"

"法力肯定是有点的，不然谁敢带着尸体行夜路，但最厉害的法力他们肯定没有。"

关于最厉害的法力是不是存在，三人争来论去，还是没有统一意见。杨红卫姑祖母已经过世了，也没人录下她的回忆发表出来，但他觉得姑祖母七十多岁时讲话嘴巴不漏风，还能嚼炒黄豆，定不会记错。她要不是不小心从坎上摔下来，绝对能活过百岁。他想姑祖母既然见过，跟她同辈的老人说不定也见过，便提议去找熟识的老辈人问问，问到的才是真东西。其他两人也觉得这份资料里面鸡叫鸭喊，声口不一，只怕是靠不住，不如去问问那些老辈人。

三人先是在城里转悠，四处打探。老辈人坐在竹椅上，摇着蒲扇，一个个闲得发慌。见有小辈前来搭话，都很欢喜，精神陡长，恨不能把积攒在肚皮里的陈年烂谷子全倒出来。但说到尸体行路，他们确实没有见过。从前城里倒是有几个赶尸匠，一个个都丑绝了，小孩子见了会吓得哭。他们那时还小，都不敢挨近。只是听大人说，这种人身上阴气重，就算在太阳底下，靠近了寒毛也会竖起来。还说他们一辈子难得讨到老婆。

听到这里，麻定国问："讨不到老婆怎么办，难道还像和尚那样憋一辈子？"

"实在憋不住，那就去找下江来的女人呗。那些下江女人其实也不太情愿，但收了双倍的价钱，把脸一蒙，也就任他们喽。"

说这话的老人年轻时放过排，谈到此处，脸上漾出笑容，显然是想起了当排客时的风流勾当。麻定国的爷爷也当过排客，晓得老人所说的下江女人是指从下游来的娼妓。当年水运昌盛的时候，县城是山货的一个集散地，热闹非凡。所谓下江，是指城边这条大河往下通达的一切地方。益阳是下江，南京也是下江。他忍不住跟老人说起排客往事。老人顿时滔滔不绝。廖伟也觉得这些事比赶尸还有味些。只有杨红卫有些不耐烦，但他觉出这个老人对赶尸有点了解，还是耐住性子听完了他的长篇回忆，然后把话题扯回来，问起赶尸匠是怎么练成的。

"嘿嘿，这个你是问对人了，这条街上恐怕只有我清楚。有一样我是看过他们练的，就是在太阳底下转，要转得急，转个十多二十圈后突然喊停，要马上辨得清朝向，面朝东就要喊出是东，面朝北就要喊出是北。到了这一步，才算过关。"

"还有么？"

"还有一样，我是听说的。就是白天师父放个东西在坟头上，徒弟深更半夜去把那个东西取回来。"

"还有么？"

"我今天有点困了，以后再跟你们慢慢讲。"老人说完，狡黠地一笑，起身去搬动竹椅。当年在江上劈波斩浪的力气已经抛掷光了，这把轻巧的竹椅他也得出动两手去拖。廖伟帮他将竹椅拎回屋里。

回来的路上，杨红卫时而按捺不住地打旋，麻定国也兴致勃勃地喊停，发问。回答得倒是快，但没有一次答对。事实上，本地人习惯了说前后左右，对东南西北分不太清。两人忍不住骂骂咧咧。倒是廖伟还记得上学时老师教过的：上北下南，左西右东。但他也只有概念，没有方位感。三人都觉得可以练一练，好玩。

第二天上午，三人本想溜出单位，到河边练习这门功夫，却没走成。单位新近调来个副局长，是个三十出头的女人。她一上任，就决心扭转旷工现象，发布了新的考勤办法。三人本来没当回事，还做好了顶嘴的准备。但女副局长跨过了批评教育环节，直接宣布扣奖金。虽然只是小惩，但那也是两顿夜宵钱。更重要的是，伤面子。三人在单位上虽是混日子，只求轻松，不求上进，但对面子还是看重的。杨红卫和麻定国二话不说就冲进女副局长办公室，廖伟拉扯不住，也跟了进去，准备附和着吵上几句。

女副局长很镇定，坐在新配置的办公桌后用普通话说："有什么意见跟你们股长提，由他向我汇报。不要越级，这是起码的规矩。你们也上了这么久的班了，这点规矩应该懂。"

杨红卫说："你的意思就是老子还不够资格跟你讲。"

"有没有资格，要靠自己的表现说话。"

"老子上了二十多年班了，吃过的盐比你吃的饭还多。"

"上了二十多年班，怎么还是现在这个样子？"

杨红卫胸脯和眼睛都鼓了起来，却说不出话。女副局长拿过桌上一份文件，若无其事地看了起来。门口已经聚集了几个人，工会主席随后也进来了，半哄半劝把三人拉走。

杨红卫吼了起来："烂屄，搞得老子火起来了，看老子不把你戳烂！"

麻定国跟着说:"一个猖屄,才到这里来就到处乱夹人。"

工会主席脸一沉:"你们也是单位里的人,讲点素质好不好。我告诉你们,老板是支持她的。你们不要搞得她跑到老板那里去告状。"

对一把手还是有些畏惧的,工会主席也是老资格,家里又是街上的,在他面前也不敢太过分,三人遂恨恨地行开。找了个僻静角落,三人蹲下来抽烟。杨红卫和麻定国又把女副局长骂了一通。廖伟不作声,等他们骂完后,突然蹦出句:"你们觉得她像不像一个人?"

麻定国问:"像哪个?"

"以前你们堵在巷子里摸过的那个。"

"我们摸得太多了,你讲的是哪个?"

"就是那个不哭不闹,只顾捂着胸脯往角落里躲的。"

"那是个细妹子。"

"那细妹子长到现在,也差不多这么大了。脸型也像。"

杨红卫说:"我反正没印象了。"

麻定国说:"你这么一讲,我还有点印象。有点像,但也不太像。"

"反正我们要小心点,万一是她呢?"

杨红卫说:"要是她还好些。只恨当时没干了她。"

麻定国说:"我们也只是乱摸几下,真的干,哪个敢?要坐牢的。"

"只要没人看到,干了也就干了。"

"也只看到你讲,从没看到你真干。"

"你以为老子不敢?老子只是不缺女的。"

"嘿嘿,你算了吧。"

"她要是还来搞我们,老子就真的把她干了。"

"她现在是领导了,你以为还是个细妹子。"

"领导又怎么了。"

廖伟说:"算了,算了,等下班后,我们先去河边练一下转圈。"

杨红卫说:"到河边练什么,就在这里练。"

"不太好吧。"

"有什么不好,反正我们是在单位里,又不是旷工。"

"对,就在这里练,看她奈得我们卯何?"

杨红卫和麻定国霍然竖了起来,廖伟也慢慢升上来。对着太阳辨明方向后,他们就轮流转起来。辨对了几次后,他们转得兴奋起来,声音也涨高了。远处有人指指点点,还有人行过来,他们只当没看见。工会主席接到报告,出来看了一会,摇摇头,又回办公室去了。

经过十几天的练习,三人都达到了一停下就能准确喊出方位的地步。他们觉得自己正在成为身怀绝技的人,不再像过去那样活得松松垮垮,而是行路都带着风,看人时有傲然之色。为了保持住这份傲然,他们决定通过那惊悚的一关。黄昏时他们去了城西的坟山,选定了一座坟,然后两人先行,剩下的那人把一样东西藏在指定的地方。至于是什么东西,只有放的人清楚。

晚上三人在河边吃夜宵，除了谈论赶尸就是骂女副局长，到了子时，突然一齐沉默，盯着杯中的酒。过了一会，杨红卫毅然站起，将杯中酒一饮而光，也不说话，转身就行。另两人盯着他的背影。那背影消失许久了，他俩才收回目光，继续喝酒闲扯，声音却小了许多，聊得也心不在焉。后来他俩索性不说话了，只是喝酒，嚼凉菜，不时往西边瞄上一眼。

杨红卫回来时是咬紧牙关的，脸显得有几分狰狞。其他两人看着他，都没作声。他慢慢地从裤袋里摸出带链子的钥匙扣，往桌上一拍，然后坐了下来，斜睨着麻定国。

"是的么？"

麻定国把钥匙扣从桌上拎了起来，链子在灯光下晃着冷光。瞅了片刻，他点点头。

"该你了。"

麻定国喉结滚动了一下，也没再喝酒，就站起来，两只手攥得紧紧的，几乎是冲进夜色中。

等他行远了，廖伟问："没碰到什么吧？"

"等下你自己去了，就晓得了。"

廖伟脸顿时就变白了，后悔问句这样的鬼话。他恨不得打自己一耳光，也恨不得打杨红卫一耳光。但他谁的耳光都没打，只是低头喝着闷酒，心里突然爆出个念头：麻定国最好别回来了。这个念头把他吓了一跳，连忙把心思使劲转到眼前的酒菜上。

尽管去的时间比较久，麻定国还是又出现了，并带回了一个烟盒。杨红卫把烟盒拿起来，从里面倒出根半截烟，说了句，被鬼抽了一半，然后嘿嘿笑起来。

廖伟脸色更白了，目光先是落在桌面上，然后又掉在脚下。

"现在太晚了，我明天夜里再去。"

"那不行！"

"你放了什么东西，我明天翻倍赔给你。"

"不是这回事，就现在去。"

廖伟抬起头，看到四道目光都朝自己砍来，那两张脸也像鬼一样难看，只有喝了一大口酒，又问老板要了一小瓶二两五装的劲酒,拖着两条腿往黑夜深处挪去。

麻定国说:"他会不会跑回家去?"

"那不会。除非他不想跟我们玩了。"

"那也是,除了我们,就没人跟他玩了。"

"他人还是好,就是胆子细了点。"

"只要过了这关,他胆子就会变大。"

"那肯定。你放了什么?"

"一块石头。"

"嘿嘿,难怪你不肯要他赔。赔你两块石头,你是拿去炒菜呢还是拿着当饭吃?"

"是块金子我也不要他赔。我就要他去拿。"

"你被吓到了么?"

"你没被吓到?"

"那种地方,随便什么响动都吓人。不过也很刺激。"

"那些混黑社会的只怕也没这个胆。"

"那当然。我们现在是什么人,他们想都想不到。"

"你还真的想赶尸?"

"要真的可以把尸体赶起来,那班也不用上了,到处去表演,可以赚大钱。"

"我们是搞着好玩的,莫太当真。"

"我本来就当真。"

"嘿嘿,那我就看着你把尸体从地上赶起来。你莫到时赶半天也没看到起来啊!"

"总有办法的。"

最后一点菜都吃完了,还不见人回来。他们要老板再炒碟小河虾上来。老板却说没有了,其实是催他俩行了。他俩心知太晚了,不好赖着不行,便结了账。两人互相看了一眼,便往西边行去。快要到坟山的时候,他们看到了廖伟。他低着头,还在往前行。两人停住步子,眼见他就要撞上来了。

"喂!"

廖伟抬起头,目光直直的,仿佛不认识他们。

"真的撞到鬼了?"

廖伟把手中石头往下一甩。两人连忙后退。石头弹了起来,从麻定国的腿边擦过去。

"你发癫了!"

"你放块石头做什么?"

"怎么啦?放块石头不行啊?"

"你要我半夜里去坟山拿块石头!"廖伟罕见地吼了起来。

麻定国还是没觉得放块石头有什么错。杨红卫上前一步,揽住他的肩,说:"好啦好啦。下次要他放块手表。"

"没有下次了。"

"对,已经过关了,我们都练成了。"

麻定国说:"接下来不晓得还有什么名堂?"

廖伟说:"再有什么名堂,反正半夜去坟山我是不会干的。"

"好,好。再有什么也是我们三个一起干,不会让你落单。"

廖伟不再作声。见他情绪渐渐平息下来,杨红卫便把手抽回来,双手向前,跳了起来。麻定国嘎嘎大笑起来。

笑完后，也抬起双手，跟在后面蹦。廖伟没有蹦，但看着他俩一起一落，到底忍不住咧嘴一笑。

第二天，他们提前下班，去街上找那个老人。老人这次说的却是儿子如何不孝顺的事。经过他们反复提示后，才说："赶尸匠那套把戏，我只晓得这么多了。"

杨红卫说："你再想一想，看还有什么？"

老人摇摇头，又慢吞吞地说："那几个赶尸匠都有徒弟，都是从乡下带出来的。后来没生意了，那些徒弟也回去了。要是还有活着的，也跟我差不多大。"

"哪个乡？"

"那我就不晓得了。"

三人见问不出什么来了，只有离开。

廖伟觉得可能到此为止了，感到一阵轻松。

麻定国却问："接下来怎么搞？"

杨红卫蹙紧眉头，一语不发。快到分手的时候，他说："资料上不是说赶尸要用到朱砂吗？我们明天就去那个产朱砂的乡里转转。"

廖伟说:"明天还要上班呢。"

"妈的。那就星期六去,就当去乡里吃农家乐。"

其实他们第二天就动身了,因为到单位后,发现女副局长去市里开会去了。快到中午时,他们坐中巴车赶到那个乡,在镇上吃了顿饭,然后四处打听。镇上老人都知道赶尸这回事,但没一个会。倒是有人提供了一条线索:二十里外有个寨子,里面有个老屠夫,能够把死猪赶着行。

杨红卫嚷着就要直奔寨子,其他两人都劝他明天再去,但他不依,说杀猪一般是在清早,明天去,那就又要等一天。其他两人觉得他说得也在理,便一齐跳上辆小三轮,颠簸着往寨上去了。

车子只能开到山脚,他们爬了段山路,才进了寨。寨中有不少穿苗服的中老年人,也有打扮时髦的年轻男女。他们在一个年轻伢子的带领下,见到了老屠夫。老屠夫穿着破了两个洞的套头汗衫,坐在屋檐下,捧着根手臂长的旱烟管。见他们出现,老屠夫以为是来收购新鲜猪肉和猪下水的。待到听说是来看赶死猪的,他又一屁股坐下,眼睛盯着地上的青岩板,从旱烟管中喷出青烟来。杨红卫也不慌,蹲在他面前,自个点了根烟,从世人已经不相信赶尸这回事说起,说到他们为了证明这回事付出了很多,还被单位领导扣了奖金。

听着听着老屠夫往地上呸了一口,说:"先前的事,他们懂个屁!"

"是的,是的,他们就是些屁人。我们晓得你老人家懂,特意过来请教的。"

"你们要搞清这些事干吗?又不能靠这个过活了。"

"我们就是想争这口气,证明我们的先人是有大本事的,不能任外面的人乱讲。"

"嗯,嗯。"老屠夫又把他们逐一打量了,眼神变得和善起来,"你们今晚住哪?"

"我问过了,寨子里有农家乐,我们就住那里。"

"嗯。明上午正好要杀只猪,就在前面大坪里,你们过来看。"

"好,好。你还没吃夜饭吧?我们请你到农家乐去吃。"

"你们是客,哪要你们请。要是不嫌弃,就到我这里吃。我炒几碗腊肉,开坛苞谷酒,你们吃完了,再去那里困觉。"

"还要麻烦你老人家,那不好意思。我们是一个县的,也算不得客。"

"寨子外面来的,就是客。我反正一个人过,你们来了,就吃餐热闹饭。"

"那我们就不讲客气了,陪你老人家喝个尽兴。"

老屠夫笑了起来,一张黝黑的脸尽是沟沟壑壑。

杨红卫向其他两人使个眼色,说:"我们到厨房去帮师傅打下手。"

说是打下手,其实菜也是他们炒了,饭也是他们煮了,最后连酒也是倒在碗里捧到老屠夫面前。屋里太暗,他们就把桌椅搬到屋前小坪里。月亮从屋后露出半边脸的时候,他们就喝开了。老屠夫姓龙,他们龙师傅龙师傅地喊得甚是亲热。喝到半酣,龙师傅主动承认,自己当年学过赶尸,但没等学全,就没生意了,师父回乡下种田,自己只好回寨里,改学杀猪。

杨红卫说:"不管怎么讲,你老人家是这世上最后一个会赶尸的人。"

"嘿嘿,也算,也不算。"

"那当然算。"

龙师傅不作声,只是喝酒,把腊肉嚼得很响。过了许久,他才说:"当初要不是穷,又长得丑,我是不得去学这个名堂的。"

麻定国问:"那怎么不一开始就学杀猪?"

"我十来岁的时候,寨里没有猪杀,都是靠打猎过活。到了五十年代,才慢慢兴起养猪。"

"你老人家后来成家了没有?"

"成什么家?一个人过,自在得很。我师父、师伯他们也是一辈子单身。"

"是啊,一个人过,最自在。我现在也是一个人过。"

杨红卫说:"我也是。"

"你们样子不算丑,又是城里人,怎么没讨老婆呢?"

麻定国说:"我是讨了又离了。他是把老婆打跑了。"

"哦,那你呢?"

"有是有,不过三天两头吵架,过得也没什么意思。"

"嗯。反正人都是自己招呼自己,靠谁都靠不到。"

杨红卫说:"正是这个理。龙师傅,还是你看得透。"

"你们要是跟死人打过交道,也早就看透了。"

麻定国问:"死人到底会不会行路,从云南四川行到我们这里来?"

龙师傅又嘿嘿笑了两声,说:"我讲过了,我没学全,也没看全。"

杨红卫说:"你就别多嘴了,明天龙师傅会给我们看的。喝酒,喝酒。"

四只碗碰在一起,碗中的月亮差点荡了出来。

三人后来也没去农家乐,就在龙师傅的偏屋里睡了一夜稻草铺。虽然虱子不少,但因为酒喝得透,倒也能睡进去。

第二天是龙师傅把他们喊醒的。虽然浑身发痒，但看赶死猪的劲头盖过了这种痒。他们连早餐都不想吃了。龙师傅却要吃早饭，还要喝点早酒。他们也就耐着性子陪着喝。喝得脸微微透红，龙师傅才转回里屋，拿出个小荷包。这小荷包沉甸甸的，上面还绣了些古怪的符号。他把荷包挂在腰间，围上皮护兜，从栏里赶出头大猪。

坪上聚了一堆人，案板也摆好了，上面悬着把油亮的杀猪刀。有个嘴巴往外翻露着大门牙的年轻人跑过来，喊了声师父。龙师傅点点头，也不下令绑猪，而是取下杀猪刀，慢慢悠悠地靠近那头猪，又跟着它小跑了几步，突然矮下身去，右手揪住它的头皮，刀子同时从脖子处送进去，然后顺势一掀，猪就侧躺在地上。徒弟捧着只大盆往它脖子下一递，正好垫住。血喷进盆中。

三人看得有些呆了。

麻定国说："这样杀猪，我还是头次见到。"

那个把他们带到龙师傅家的年轻人正好站在旁边，他满脸放光地说:"这叫杀跑猪。没见过吧?"

"绝,真绝。"

"那还用讲。这一手,也只有在我们寨子里才能看到。"

龙师傅盯着猪的脖子,表情像块岩石。见血自动止住后,他便喊徒弟一起把猪翻正,让它趴在地上。三人想围拢,却被其他人挡住了。杨红卫急得叫了起来。龙师傅回过头,向他招了招手,寨上人才放他过去,其他两个却还是被挡住。廖伟无所谓。麻定国急得干瞪眼,但这不是在街上,是在山寨里,虽然他身上也流着蚩尤的血,但不敢跟这些山上的苗子硬顶。

杨红卫见龙师傅取下荷包,从里面陆续拎出血红的朱砂,分别塞进猪的两耳、嘴巴和屁眼,再围着猪转起圈来。他发现龙师傅转圈跟寻常行路不同,便格外提起神来观摩。龙师傅身子微蹲,每行两步,第三步后脚是并上去的。重新开步时,必然是换一只脚。看明白后,如果不是怕冲撞了龙师傅,他真想跟在后面行两圈。行完第九圈,龙师傅正好停在猪头边。猛地一掌拍在头盖骨处,他大喝一声:"起!"那本已瘫在地上的猪竟然打了个激灵,起身跃出一丈,然后继续往前跑。等它快跑到案板处时,龙师傅又喝了一声:"止!"那猪立刻软了下去,贴在地上,再也不见动了。

寨中人都喝起彩来。三人却连彩也忘了喝,竖在那里像三根木头。

等龙师傅杀完猪,卖完肉,三人才拢上前去。杨红卫把凑齐的两千块钱双手端着,递到他面前。

龙师傅没接,瞪着他。

"龙师傅,这是我们一点小意思。"

"在我那里喝顿酒,还要收你们的钱,你们这是小看我姓龙的了。"

"绝对不是这个意思。这是,拜师钱。"

"拜什么师?你们未必想学杀猪?"

"不是杀猪,是,跟你老人家学法术。"

把头用力一摇,龙师傅说:"我当年没出师,教不得。

再讲现在学了也没用。这门法术，就到我这里为止了。"

杨红卫还想说点什么，龙师傅的徒弟说："师父连我都不教，你们就莫想了。快行吧！"

见寨里其他人都面露敌意，杨红卫不敢再拗下去，但他坚持把钱留下，说是表达对龙师傅的敬意，感谢他让自己和兄弟们开了眼界。龙师傅倒不好意思起来，吩咐徒弟从家里取来二三十斤腊肉、一坛苞谷酒，让他们带回去，又送了六颗朱砂，说是放在家里带在身上都可以辟邪。

出了寨子，杨红卫还几步一回望。

麻定国说："你还看什么呢？这辈子也只能看这一回了。"

廖伟说："看这一回也算没白看，太神了。就是有点贵，两千块钱呢。"

杨红卫没接话，从口袋里取出朱砂，放在掌中打量了一回，又小心翼翼地放回去。

麻定国说："龙师傅是送给我们三个的，你可别独占了。"

杨红卫眼睛鼓了起来,爆出两道冷光。

"你瞪我干什么?未必我讲得不对啊。"

"算了,先莫跟他吵。龙师傅不肯教,他心里正烦得很呢。"

"我也烦得很。好不容易找到了,却没学到。"

杨红卫阴阴地笑了一下,说:"谁讲没学到?"

其他两人都面露惊疑之色。

麻定国问:"你学到了什么?"

"回去再告诉你们。"

脚下出现一个陡坡。他们不再说话,把精神贯注于脚下,免得滑到旁边的山谷中去。

回到城里,第二天还得上一天班。他们去了单位,却被告知连续旷工两天,要加倍罚。执行的人苦着脸说,我也是没办法啊,又说副局长去市里开会,行之前还特意叮嘱要留神他们三个。诉完苦衷后,他往二楼挤了挤眼,说:"她回来了。"

三人冲进女副局长办公室，大吵了一回，把局长也招来了。女副局长点着他们对局长说："他们要再这样，只有下岗。要不然，这摊我就不管了。"

局长黑着脸说："你们听到了么？都是上了一二十年班的人了，要懂点规矩。"

不敢跟局长顶撞，三人憋了一肚子火退了出来。门外几个看着热闹的人尾随上来。

"她讲了，晓得你们三个是老油条，她就是要放到油锅里再炸一炸。"

"哎，把你们炸了，我们的日子也不好过了。"

"没卵事，天天也要坐在这里，屁股快要坐出疮来了。"

杨红卫冷笑一声，说："是她炸了我们还是我们炸了她，还不晓得呢？"

"好。你是我们单位第一条好汉，你要撑不住那就真的要变天了。"

杨红卫不再接话，加快了步伐。其他两人阴沉着脸，跟了上去。

接下来大半天杨红卫都没说话,只是眯着眼抽烟。麻定国不停地絮叨,说是不能这么就让人把钱给扣了,一个月就这么点钱,还要吃饭呢。廖伟说,有什么办法呢,人家是领导,说扣钱就扣钱,说下岗就下岗。杨红卫听到这里,又冷笑了一声。其他两人期待他说点什么,他却盯着窗外看。

下班后,杨红卫请其他两人到小饭馆里吃了一顿,却不许喝酒,说是吃完了就去河滩上修炼,练完了再去夜宵摊喝酒。

麻定国问:"还练什么?"

"练转圈。怎么转,我已经看会了。"

"没这么简单吧。"

"当然没这么简单。龙师傅转的时候手上还捏着诀,我也看清了。他嘴上讲不教,实际上已经做给我看了。你们以为那两千块我是白送的。"

他说得斩钉截铁,其他两人无法置疑,只有称赞他悟性高，又说龙师傅到底是个高人，传法也传得这么有套路。

"那当然。我只要稍微呆滞一点，过了就过了，他不会传第二遍。"

"高！你现在是高人的徒弟了，也快成高人了。"

他露出睥睨之色，扫了两个兄弟一眼，说："你们放心，我不会对你们两个保守的。我会什么，你们也会。"

他这么一说，其他两人倒有点迫不及待，吃饭的速度便比往常快了些。

出了饭馆，天色像清水中掺了些墨，虽然一切景物都还历历分明，色调终究有些晦暗。风中的热意消退大半，透出些爽快的意思，所以人反而精神起来。他们冲到河边，拣一处僻静地方，捏着诀，学着龙师傅的步伐转动起来。转着转着，白天里的不愉快就被甩到对岸的山里面去了。

"你们在干什么？"

三人惊了一跳，停下来，就看到女副局长从块大岩石后转了出来。他们都没接话，看着她行过来。

杨红卫回过神来，眯起眼睛，说："领导，这是下班时间,你还来盯我们的梢?"

"我盯你们的梢干什么?这是我散步的地方。"

"那我们就不晓得了。"

"你们不上班,就为了搞这些鬼名堂?"

"这不是什么鬼名堂。讲了你也不懂。"

"我的水平未必比你们差,有什么你们懂我不懂的。你是不敢讲吧?"

"我告诉你,我们是在练法术。"

"法术,什么法术?"

杨红卫欲言又止。

麻定国说:"讲出来吓死你?"

"讲吧,不要故作神秘。"

"赶尸。"

女副局长愣了一下,露出不可思议的表情,盯着他们看了一会,摇摇头,说:"有空多琢磨下业务,少搞些这样的封建迷信。"

杨红卫说:"你不懂就别乱喷,什么封建迷信,这是法术，是，非，非物质……"

"非物质文化遗产对吧。我告诉你们，这不可能成为非物质文化遗产，就是封建迷信。我劝你们一句，到此为止，安心上班，不要传出去成为笑话。"

"你个骚屄，你才是笑话！"

"你嘴巴放干净点！我是你领导。"

"什么领导？一个挨操的货，还真把自己当领导了。"

"你看你什么素质？女人就是挨操的货，那你屋里老娘呢？"

"老子打死你！"杨红卫大吼一声就扑上去，把女副局长一把推倒，骑了上去。

女副局长尖叫起来，从地上摸起一块卵石，拍在他脸上。他抓她的手腕，另一只手摸起块更大的卵石。

另两人本想着他把女副局长打一顿，也算出了口气。看到这场面，连忙冲上去，抓腕的抓腕，箍身的箍身，合力把他从女副局长身上拖起来。

女副局长从地上爬起来,也不说话,转身就跑。她穿着平跟鞋,跑得还不慢。眼见她跑出几丈远了,杨红卫怒火难平,拔脚去追,却被廖伟死死拖住。他愈加暴怒,猛一转身,下狠力往他胸前一推。廖伟往后跟跄了几步,还是没收住,后脑勺磕在大岩石上,两眼一下子变木了,身体滑了下去。

麻定国连忙冲上去,把他抱住,一手捂住他脑后。摇了几下后,麻定国凄厉地叫起来:"你莫搞怪!你还有老婆的呢!"

杨红卫站在那里发呆。

"你快过来看看!"

他移了过去,蹲下去瞅瞅他脑后,又试了试他的鼻息。

"没救了。"

"怎么没救了?快送医院。"

"我要坐牢了。"

"快送医院,只要救过来,你就不会坐牢。"

"我怎么就把你打死了?我怎么就没把那个骚屄打死

呢？"

"快一起把他扶起来啊！"麻定国的脸都喊变形了。

杨红卫摇摇头，喃喃地说："来不及了！"

"你要不肯扶，我就背他行！"

杨红卫打了个激灵，眼中射出炽热的光来："背什么背，我要把他赶着行。"

"你发癫了！"

他盯着麻定国，慢慢地逼近，脸比庙里的判官还要狰狞。

麻定国的脸其实比判官好看不到哪去，却骇得从地上弹起来，使劲跑，一边跑一边喊："你发癫了！你彻底疯了！我要喊人来。"

杨红卫冷笑一声，没去追，而是把尸体往后拖了一丈远。几分钟前还暖热鲜活的身体这时像石头一样又硬又沉。他从口袋里掏出朱砂，塞进嘴里，塞进两耳，又翻过来，褪下裤子，往屁眼里塞了一颗。然后他站了起来，左手捏诀，身体微蹲，围着尸体转起圈来。

人们赶过来的时候，杨红卫还在沉稳地转着圈，一点也没加快速度。人们看到他脸上焕发着迷狂的光彩。谁也没有再行近，只是围成个圈子，屏住气看着他转完了最后一圈。

他正好在尸体头部停住，矮下身去，左手还是捏着诀，右手在尸体天灵盖上猛拍一掌，以全部的力量大喝一声：

"起！"

发表于《天涯》2019 年第 1 期

水师的秘密

在我的印象中,吴爷爷的脸相总是在五十岁到七十岁之间游移不定。他有时看上去异常苍老、憔悴,这往往是他坐在门口竹椅上出神时,有时双目一转,又显出不让少年人的清亮和精灵。坐在竹椅上时,他缩成一团,软塌塌的,然而只要站起来,便仿佛故事中的法物,迎风一晃长了数倍,变得坚挺、硬朗。他本就是长手大脚,跨上一步抵得别人两步。但不晓得是天生还是故意的,他走路像是脚踝处系了重物,总是慢慢地拖着步子前行。那张古拙的红脸膛像江边的铜鼓岩,他这个人也像铜鼓岩一样沉默,轻易不开笑颜。

街上的小孩普遍怕他,以至于轻易不敢到他门口玩闹。我却常常爬上二三十级青石台阶,拐到他建在坡上的屋前。高家巷是条老街,要么是青砖屋,要么是黄中透黑的木板屋,吴爷爷住的却是红砖屋,旁边搭了个小茅厕。这是吴爷爷自己花钱修的屋,不像其他人家,不是祖上传下来的,就是政府分配的。吴爷爷一个人住,也不怕寂寞,不像其他老人,有事没事喜欢摇着大蒲扇串门,或聚在街面上扯白话。但他其实是喜欢小孩子的。起码我到他面前,他总要摸摸我的脑壳,任我在他门前屋后玩蚂蚁、捉蚱蜢。玩得口渴了,就直奔厨房去大陶缸中舀水喝。这水是他从街上古井里挑上来的。有时我在喝得畅快之余,陡然意识到这水来得不容易,便一抹嘴巴,说:"吴爷爷,等我长大了,就帮你挑水。"

吴爷爷脸上泛出点笑意,像深水里的鱼冒了个头又迅速沉下去,但还是被我捕捉到了。他没有说什么,只是又摸摸我的头。他的手掌几乎能包住我的半个头。靠近时,我能从他身上嗅到一种异样的气息。到底如何异样，我也说不明白，反正不是这条街上惯常闻到的气息。等稍稍长大一些，敢偷偷跑到江边去玩水时，我从那一派茫茫大江中捕捉到了这种气息。那是江水、鱼、水草、礁石、鹅卵石混合而成的气息，复杂、悠远、神秘。我喜欢到吴爷爷那里玩，可能跟这种气息有关，但也可能只是因为我在街上属于被其他小孩排斥的那类，只能到一个孤独老人的屋前孤独地玩耍。

吴爷爷虽然孤独，却并不闲得发慌。他在坡上开辟了菜地，种辣椒、白菜、萝卜、四季豆，还有葱。新鲜蔬菜一时吃不完，他就放进酸水坛子里。街上几乎家家都有酸水坛子，我妈妈也会做。但吴爷爷做的酸萝卜、酸四季豆酸得格外来劲，一沾到舌头脑后的毛孔都张开了。现在我只要一想起，口里还是会迅速涨水。这说明吴爷爷手很巧。后来割资本主义尾巴，街道革委会不让种菜了，菜地很是荒芜了一阵（但风头过后，有些人又在屋后偷偷种上了，革委会也装作没看到），不过吴爷爷的碗里还是没少过菜，而且，居然，还是鱼虾。在六十年代，能够经常吃鱼虾是件很奢侈的事。这不是他买的，事实上，在那个年代，想花钱买也难得买到。有人经常给他送鱼虾，而且来的人时常不一样，但于我而言，都是些陌生面孔。那些人身上有跟吴爷爷相似的气息，他们管吴爷爷叫吴爷。虽然只是一字之差，但这称呼显得很神气。我在旁边听到，暗自激动，开始想象着自己长大了，被人称为包爷。吴爷爷却神情淡漠，仿佛被称为吴爷的是另外一个人。他跟这些人有话聊，但我听不太懂。他们谈论的仿佛是另外一个世界的事情。听不太懂就听不太懂，我关心的是那些鱼虾。有时送来的是腌鱼和晒干的小鱼小虾，有时却是活鱼活虾，盛在木桶里挑了过来。如果是活虾，吴爷爷会送我几尾。有次他还送了我只螃蟹，能在地上横着走路。我用根线牵着它出门，那些平时不爱搭理我的小孩全拢过来，又跳又嚷，轰动了半条街。为了能牵上一牵，他们就差没喊我包爷了。等到螃蟹被玩死之后，这些家伙又跟我疏远起来，这让我很伤心，并下定决心，以后有什么好玩的，绝不让这些白眼狼沾边。后来螃蟹没再出现过，但活虾也能让我足够高兴。我把它们养在一个透明酒瓶里，连妹妹也轻易不让碰。有次爸爸开玩笑说要把虾子炒了下酒吃，我立刻大嚎起来。妈妈边笑边骂爸爸。在得到了爸爸绝不动这些虾子的保证后，我才止住眼泪，一边看虾子在水里弹射一边听爸爸妈妈闲扯。爸爸说那些人是下河街的。下河街我知道，就在江边，街上住的多是渔民，还有放排佬。我问他们为什么会给吴爷爷送东西呢？妈妈说他是从下河街过来的。我又问为什么吴爷爷不住在下河街呢？妈妈答不上来，默然片刻，就去厨房里忙活了。

我心里装着疑团，却不敢开口问吴爷爷。我担心问了之后，吴爷爷会不高兴，说不定就不准我到他那里玩，也不会再送我活虾了。虽然喜欢跟他亲近，但吴爷爷身上其实有种威严的气质。虽然这种气质他是藏起来的，我还是感受到了，在他面前始终不敢放肆。他还有些神秘，平常没打理菜地也没在门口闲坐时，屋门是关着的，怎么敲都敲不应。不应就不应，我继续在门口玩。

我发展出了一种新的玩法：跳台阶。从下往上我可以跳两级。从上往下我敢跳三级。跟地面并不吻合的青石板被我蹬得咚咚响，有的还会晃一下，我的心也会跟着晃一下，在感到轻微害怕的同时爆出种毛孔洞开的快感。吴爷爷在门口的时候，我会跳得更加起劲。每跳一次，都要抬头或扭头望着他，希望能得到他的表扬。吴爷爷脸色没有任何波动，这未免让我有些懊恼。我想我应该有更惊人的表现。瞅了瞅下面的第四级台阶后，我大喝一声，纵身跃下。左脚脚跟打在第三级台阶边缘，然后滑了下去。我没有摔倒，而是一屁股砸在第三级台阶上，被青石板蹾得生痛。更猛烈的疼痛从脚踝处蹿起，刺一样直往心里钻。喊了声哎哟，连忙咬紧牙关，因为我害怕再张嘴，心就会从喉咙里蹦出来。

"崴到哪里了？"

我摸着脚踝，泪水涟涟地看着吴爷爷俯下的脸。多年以后，我才惊觉到他的速度竟是如此之快，仿佛一晃就转到了我面前。

他蹲下来，脱了我的左脚鞋袜，看了看后，又下了一级台阶，一手托住脚跟，一手包住脚板，慢慢地把我的腿拉直。

"放松，放松。"

我也想放松，但肌肉反而变得紧张。

他伸指在我腿内侧点了一下。那腿竟自动往上扬起，落下来时，肌肉完全松开了。在这刹那间，他点我的手重新抓住脚板，往后一拉，又旋转着往前一挤，疼痛像是挤牙膏一样从脚跟处被挤了出去。

"还痛么？"

"不痛了。好像，还有点痛。"

吴爷爷松了手。我把脚缩回来，盯着肿起的脚跟，觉得有理由再痛下去。正犹豫着是站起来还是继续这样坐下去，吴爷爷已展臂把我横抱起来。他像是在抱一个稻草扎的小人，毫不费力，三步并作两步跨到门前。进了里屋，把我放到床上，便转身去了厨房，待重新出现时，他手里端了碗水。我以为是要喂水,便欲坐起。他却让我翻过身,趴在床上。虽然弄不懂他要干什么,我还是乖乖地转过身子,头扭着,费力地看他。吴爷爷双目微闭,右手端碗,左手伸出两指,在碗上不停地划动,嘴里念念有词,鼻子也哼起来。我竭力瞪大眼睛,却还是看不明白。他哼完后,喂了自己一口水。我差点想说,我也要喝。没等我说话,他俯下身,把那口水喷了出来,一股清凉之气渗进我的脚跟。

"莫动,再趴一会,等我叫你才准起来。"

我继续趴着,感觉脚跟上痒痒的,像有蚂蚁在爬。很想动一下脚,却还是忍住了。吴爷爷没有把水端进厨房,而是在旁边坐下,虽然不再作声,但让我感到心里很安稳。

我趴了一会,说:"吴爷爷,我想喝水。"

"现在不准喝。等一下起来再喝。"

我只有闭上眼睛,一点一滴地挨时间。

也不知过了多久,吴爷爷起身摸摸我的脚跟,说:"起来吧。"

我小心翼翼地爬起来,感觉不到疼痛,再去看脚跟,好像没有肿过一样。

"下来。"

坐在床沿上,我先探下左脚,踩实后才轻放下右脚,却站立不动。

"行两步。"

我没有多行一步。

"还痛么?"

"不痛了。"

"那多行几步。"

在屋里行了个来回后,我才放下心来,叫道:"真的不痛了!"

"那还有假?"

"吴爷爷,你这是什么法术啊?"

"不是法术,就是治病。你莫告诉别人。"

"连我妈妈也不告诉?"

"嗯。"

我纳闷起来,但还是用力点点头。行到桌边,我盯了那碗水好一阵。跟我平常喝的水没什么两样。

"你莫喝它。"吴爷爷说完,从厨房里给我端了碗水。

"我要喝凉的。"

"不能喝凉的。今天你都要喝温的。"

"那明天呢?"

"明天可以。"

我咕咚咕咚吞下整碗水,想再问他点什么,他却赶我走了。

回到家后,我在餐桌边始终沉默。因为我担心只要一张嘴,就会忍不住把这事抖出来。妈妈问我是不是哪里不舒服,我摇摇头,加快速度,把饭往嘴里赶。爸爸比我吃得更快。他在后街的五金厂做事,今晚得上夜班。

妈妈嘀咕道:"库房里堆了那么多货,又卖不掉,还加什么夜班。"

爸爸眉头一扬,说:"你思想落后了。堆得再多,也要完成生产任务。"

妹妹笑嘻嘻地说:"爸爸是积极分子,妈妈是落后分子。"

"就是,还没有女儿懂事。"

"那以后叫你的懂事女儿给你做饭啊。"妈妈愤愤地说,又瞪了妹妹一眼,"多嘴多舌,饭都掉桌上了,还不快捡起来!"

妈妈嘴巴像剪刀一样,咔嚓两下就能把别人的话剪断。爸爸自知说不过她,也晓得明天她还是会把热饭热菜端到桌上来的,抹了下嘴巴就起身,抛下妹妹独自面对妈妈的冷脸。我置身事外,在沉默中吃完饭,便去街上滚铁环。妹妹则遭到不准出门跳绳的惩罚,被勒令在家里把刚学会的"毛主席万岁"写五十遍。等我回到家,她已经上床睡了。我看了一会瓶中虾子,便被妈妈催促着洗澡睡觉。

半夜里,我梦见自己从坡顶往下跳,一蹦竟然蹦到水井里,便惊醒过来。这时飙起一阵敲门声。我跳下床,走到堂屋里,妈妈已经在开门了。

爸爸被几个工友抬进来。他右臂吊在半空中,脸色白得吓人。

妈妈的脸色顿时变得比他还白,颤声问:"怎么回事?"

"胳膊被冲床压断了。"

"那还不叫医生?不是,快送医院!"

"医院的医生都被弄去扫大街了,看病的都是些嫩伢子嫩妹子,连个阑尾炎手术都不会做,送去不是找死?"

"那怎么办?那怎么办?"妈妈平素主意一掐一个,这时却只剩在原地打转。

看到爸爸在床上忍不住喊哎哟,我说:"快去喊吴爷爷。"

"喊他来做什么?"

"我今天崴了脚,他喷口水就治好了。"

几个人都瞪着我,那神情是在当我讲胡话。

妈妈问:"你讲真的?"

"是真的。"

我不爱撒谎,所以跟街上那些十句有八句假话的小孩玩不来。这点妈妈最清楚。她略略镇定下来,咬了咬牙,说:"我去请!"

室内沉寂下来。有人抽烟,有人给爸爸端水。我去隔壁看了眼妹妹,她睡得像只小猪。

转出来后,有人问:"真的喷口水就好了?"

"是真的。"

"是什么水?"

"就是井里的水。"

低头抽烟的车间主任说:"我晓得了,他是水师。"

"水师是什么?"

"我也是听我大伯讲的,就是旧社会有人用一碗水给人看病,专门治骨伤。"

"水里是不是放了药?"

"我也不清楚。等下你们看就是。"

他这么一说,其他人开始将信将疑,伸长脖子等着看个究竟。但门口老不见动静。时间仿佛凝固了。爸爸不再呻吟,眼睛半开半闭,看上去真像随时会死去,不,晕过去一样。

实在等不住了,我往门口行去。门开了,吴爷爷跨进来。看到他高大的身影,我心里一热,喊了声:"吴爷爷。"

他没作声,也没摸我的脑壳,而是行进里屋。

满屋的人都盯着他。他却像是谁也没看到,径直行到床前,探出右手,眼睛微闭,摸了两下。爸爸又哎哟了一声。

"伤得重么?"

没回妈妈的话,吴爷爷又伸出右手,两手在爸爸右臂上轻捏慢压了一阵。爸爸额头渗出豆子大的汗珠,却咬着牙不出声。

"打碗水来。"

妈妈还没反应过来,我就往厨房奔去,选的碗大小跟吴爷爷下午用的一样,只恨颜色有点浅。等我捧着碗走出来,大家的目光都射进碗中。碗中盛的就是缸里储的井水,在昏黄的灯光下一清到底。

接下来吴爷爷的行事跟下午差不多,所不同的是,喷出水后，他又从身上掏出张黄纸，覆在伤口上，然后对妈妈说："莫吃辣椒，莫喝酒"，便转身拖着步子慢慢地行出去了。妈妈追上去送他，到了门口，被他挡了回来。

爸爸脸上有了些血色。妈妈问他怎么样，他说："痛是不怎么痛了，就是痒。"

"痒就好，你千万莫乱动，莫把纸弄下来了。"

那张纸盖在爸爸手臂上，像是用胶水粘上去一样。纸上画了些朱红色的古怪符号。几个工友都盯着这张纸，想看懂到底是什么意思。妈妈向他们表示感谢，又央求他们不要对外说这事，因为吴大爷事先就叮嘱了，自己一口应承，他才肯下来。工友们都神情严肃地点头答应。

第二天，爸爸伤口痒得更厉害。妈妈叮嘱他要忍住，莫去挠，然后把家里仅有的几个鸡蛋掏出来，又用红纸包了两大块红糖，带着我去了吴爷爷家。吴爷爷却往外挥了挥手，要我们把东西带回去。

"你老人家不收，那就是怪我们没尽到礼数。"

"收不得，收不得。不收是治病，收了性质就要变。"

"天底下哪有治病不收钱的？他爸这个伤，要是送到医院治，那还不得花大钱？还好得没这么快。你老人家不肯收钱，我们送点礼表示感谢，天经地义，就算毛主席晓得了，也不能讲这不对。"

见妈妈脸都红了，吴爷爷没再推却，而是起身从厨房里拿了包干鱼出来，要往篮子里放。

妈妈吃惊得提起篮子就往外退，一边退一边说："哪能要你老人家的东西？没这个理！没这个理！"

"你拿回去。"

"德德，你莫拿吴爷爷的东西，快出来！"

我一时木住了。妈妈的话我是必须听的，但吴爷爷的话我从来也没有违拗过。

"我是拿给你吃的。"吴爷爷说着，把干鱼塞到我手里，然后摸摸我的脑壳，"回去吧。"

我松松地拿着那包干鱼，似乎希望它在出门前掉落下来。但直到跨出门槛，它还在我手里。于是我捏紧了些，加快脚步，绕过妈妈的拦截，脚步点着台阶，一溜烟到了街上。

小干鱼要用辣椒炒才出味,所以爸爸不能沾。我和妹妹争着往这盘菜里伸,筷子和筷子几乎要打起来。妈妈骂了两句,我俩才收敛了些。才吃完,孔厂长进来探望爸爸。他带了两包罕见的奶粉,让我和妹妹眼睛放光。妈妈却一点也没显露出高兴,而是蹙着细眉,当着孔厂长的面埋怨爸爸做事太拼命,躺在床上还挂着生产的事。

"老包是个好同志,思想进步,技术好,又红又专。"孔厂长说着,目光落在那张黄纸上,便定住了,过了片刻,才问,"这是怎么回事?"

妈妈支吾起来。爸爸见领导开口,便一五一十地汇报了。

孔厂长皱起眉头,说:"这不是搞封建迷信么?"

妈妈说:"不是迷信,就是治病,灵得很。"

"他收钱了么?"

"没有呢。要是送到医院,那厂里还不得花一笔大钱?"

孔厂长问爸爸:"有效果吗?"

"好得还算快。"

又瞄了瞄那张黄纸,孔厂长叮嘱爸爸好好养病,车间的事不用挂心,就背着手行了。

妈妈送他出门,回转来后,脸上忧色转深,嘀咕道:"他不会去找吴大爷吧?"

爸爸说:"他心不坏。"

"不坏,也好不到哪去。你这是工伤,送两包奶粉,就想打发了?我说老包,等你养好伤后,还得跟他论论这事。我们不去占公家的便宜,但也不能把自家吃亏。"

爸爸没吭声。

吴爷爷后来还看过两回。伤口消了炎后,他揭下黄纸,用杉树皮夹住胳膊,绑好。一周后卸下,爸爸就能正常上班了。对他断了手臂没去医院就好了这件事,街坊们都感到惊奇。爸爸的工友们,包括孔厂长,似乎都做到了守口如瓶。其他人只晓得是"养好的"。爸爸没跟孔厂长提工伤补偿的事，让妈妈埋怨了好一阵。直到爸爸忍不住说，我不提这事，他也不会提吴大爷的事，妈妈这才不作声了。我在旁边听到，琢磨了好一阵，隐隐觉得爸爸其实比妈妈更聪明。他跟吴爷爷一样，有些东西是藏着的。在后来的岁月中，我暗暗向他俩学习，努力把一些东西隐藏起来。这种艰难养成的习性让我受益良多，我渐渐成长为一个受到信赖和敬重的人，同时也是一个有秘密的人。但是吴爷爷的经历也告诉我：无论藏得多深，甚至永远也不想暴露，但总有某些时刻，你会身不由己。

工厂总会有事故。后来那几个工友中也有受伤的，几乎想都不用想，就去请吴爷爷。工友也是住街上的，又目睹过吴爷爷治病，他不好推托。虽然都是把闲人都打发出去才开始治病的，但治了几次后，满街的人都晓得他是个水师。之后哪家小孩或是老人跌伤了，都要请他来看。看了后都要提着礼物上门表示感谢。这礼物是不能推的。因为大家已经晓得你收了别人的，如果不收我的，那就是在当众打脸呢。吴爷爷无奈之下，只有回送些鱼虾或蔬菜，表示这是邻居间的互相馈赠，不是治病收礼。但这只是吴爷爷一厢情愿的想法。街道革委会的秦主任把这当成了阶级斗争新动向，带人搜了他的屋，搜出张没穿衣服的人体图。秦主任以为这是黄色画，立刻送到了上面，却被告知是张人体骨骼图。他有些失望，但还是决定把吴爷爷绑起来，罪名是搞封建迷信毒害群众。

消息传出，妈妈和一帮街坊邻居聚集在街面上高声议论，说这是没天理的事，要遭雷劈的。秦主任的亲信驻足旁听了一会，没敢上前跟这些缺乏觉悟的街坊们理论，悄悄溜走了。爸爸没发任何议论，带着我和几个工友来到关押吴爷爷的小黑屋前。他和工友们把看守支到一边，我带着食物和水溜进去。在昏暗的光线中，吴爷爷的脸由铜鼓岩几乎变成了老树皮。我鼻子一酸，差点就掉眼泪了，还好，爸爸的叮嘱没有忘，我问吴爷爷有什么办法可想。吴爷爷要我去下河街找人，只要是四十岁以上的男人都可以。我用力点点头，表示接受这一光荣而重大的任务。

消息递过去后，下河街出动了四五十个男人，带着木棒、长长的竹篙和磨得发亮的斧头,还有带绳索的铁钩。我没有跟在队伍后面,而是绕了个大弯,从城市的另一头回到高家巷。事情已经结束。或者说,根本没有打起来。因为街上的人都不响应秦主任的号召,他寥寥几个亲信更是吓得直往后缩。秦主任硬着头皮捋起袖子,结果被打折了大腿骨。下河街的人把吴爷爷带了回去。这让我感到巨大的失落。我以为他再也不会回来了。街坊们也在叹息,说这样一个活菩萨,到哪里就保哪里一方平安。只恨那个姓秦的,蠢得要死,自己还断了腿,躺在医院里受罪,最好是莫再起来了。妈妈提出去接吴爷爷回来。此话刚出,就遭到了大家的反驳。

有人说:"他怎么肯回来哦?只怕是伤透了心。"

另一人说:"我们去接,下河街的人只怕要把我们骂死。"

还有人说:"我现在碰到下河街的人,都是绕着走。也不是怕他们,就是觉得丢脸。"

妈妈红着脸不作声。我嘟起嘴巴行开,再不想听到这些话。但关于吴爷爷的消息，我还是竖着耳朵四处捕捉。下河街的人素来以强悍著称，各个派系都想争取，但他们始终严守中立，别人不惹他们他们也不会去惹别人，更不会乱掺和。只要秦主任没来闹，大家就装作不晓得有这回事。而秦主任呢，还躺在医院，被那些水平低劣的所谓医生整治得死去活来，非但不见好，还开始灌脓，恐怕要如街坊邻居们所愿，永远出不来了。

出乎大家的意料，吴爷爷自己回来了。他说："我的屋在这里，我不回这里又到哪里去？"大家对他的归来自是欢喜，但有人担心他会遭报复，悄悄地提醒他。吴爷爷却说："听说秦主任还在医院躺着。你们帮我带个话，只要他情愿，我包治。"

此言一出，大家先是觉得惊诧，再往深里想想，便觉得这是最好的解决方式。街上几个脸面大的人约着去了医院。听他们说，秦主任只是仰面听着，一言不发。他老婆在旁边直抹眼泪，说好歹你也表个态啊。秦主任还是只顾望天花板。当中一人说，不作声，那就是同意了。大家又都瞅着秦主任。他既没点头,也没摇头。秦主任老婆便咬牙做了回主,喊人把瘦得只剩下一半的丈夫抬回高家巷。

吴爷爷照旧是摸捏推压,喷水,敷黄纸。那张黄纸能把脓吸走,所以尽管秦主任目光触碰到上面那些奇怪的符号就忍不住皱眉头,到底没去伸手揭掉。吴爷爷给他换了三次黄纸,直到把脓吸尽后,才绑上杉树皮。一个月后,秦主任重新出现在公共场合,继续带着大家抓革命、促生产。但在他无所不及的视线里,似乎把吴爷爷给遗漏了。包括他老婆循例给吴爷爷提了一篮礼物然后带回几条鲫鱼,他也没有察觉。有人想当面问问吴爷爷那碗水是不是封建迷信,但看到他昂首挺胸的样子,到底还是把话咽回去了,只在背后把这事当笑话讲。我却恨不得能把这人的嘴巴缝上。我情愿大家都忘了这件事,不要再起什么风浪,吴爷爷就这样平平安安地过下去,过下去。

但事实上,没有人可以把别人的嘴缝上。关于吴爷爷的议论,就像各家角落里煤球炉上的水壶,总在一些光线隐蔽的时刻,一些自己人才能看到的地方冒着气泡。这些自己人又是交叉着的。我跟妈妈当然是自己人,而妈妈跟右边第三家的王阿姨十多岁时就玩在一起了,到现在有什么事仍然习惯找对方商量,显然是自己人,而王阿姨又有另外的自己人。所以这些自以为隐蔽的议论,最后几乎会流到每个人耳中。吴爷爷为什么要搬到高家巷来住?这是大家议论的焦点。很显然,他在下河街深得众望,单凭喷水正骨这项本领,也是不可或缺的人物,根本不存在被邻里排斥,住不安生。有人猜测,附近是不是有他的相好?但吴爷爷五十年代便搬到这来,住了也有十来年了,没人能回忆出他跟哪个女人来往的细节。那他到底有没有过女人呢?街上自有热心人前去探听。探听的结果是,不但有过女人,还有过儿子。但儿子二十出头就死掉了。怎么死的?放排撞上了炸排,扳棹时被甩到暗礁中,人就没了。这是他头次掌棹,准备从资江进洞庭闯汉口,却没过益阳就挂了。吴爷爷的女人受不起这个打击,伤心得呕血。吴爷爷手段再高明,也医不了心。几个月后这女人就跟着儿子去了。家里还剩下一个女人,就是儿媳妇。儿媳妇才十七八岁，娘家也住下河街。吴爷爷如果不点头，她是没有可能改嫁的。但她没怀上吴家的种，吴爷爷思来想去，还是主动开了口。女方娘家却坚决不允，说她就是你的女了，今后还要给你养老送终呢。但吴爷爷打定了主意就不会变，出面给媳妇找了个知根知底的配对后生，押着他们成了婚。后来他就搬出了下河街，理由是住在老屋里，总是想起老婆和儿子，心沉得很，长期下去，只怕身体会出毛病。至于为什么他搬出了那么久，在下河街还是有那么大的影响力，大家都归结于那碗神奇的水：消灾解难，于人有恩啊。这些话我听着都觉得有理，但也有小小的疑惑：他住在我们这边，就不想老婆和儿子吗？但这疑惑只是掠过心头，仿佛燕子在水面一闪而过。只要吴爷爷还住在上面，我还能到他那里玩，我就没有什么好挂心的喽。

童年的日子慢得出奇，就像城边的资江，不仔细看，察觉不出在流动。只在有事的时候，才会像发大水，动得快起来。我既希望每天有新鲜事，又希望没有什么事，就这么日复一日地玩下去。虽然上学，但课像"除四害"刚过后的蟑螂那么少，内容又稀薄得像放了太多水煮出的粥，等于也在玩。随着腿脚变长、胆气渐大，我玩的范围从高家巷渐渐扩大到了整座城市，吴爷爷那里倒去得少了。最吸引我的地方就是江边。掷卵石、捡螺蛳、摸小鱼、静待江上渔船突然撒出一面大网……这地方大半天很容易便耗过去了。江上有时会出现木排，从上游的城步、武冈、洞口、隆回等地一路飘下来，前后衔接，宛如褐色长龙。排上还搭着棚子，冒着炊烟，引发我对另一种生活的悠远想象。这些排都是要经过安化、益阳开进洞庭湖的，最远会冲到武汉。有时木排靠近，排上的汉子下来买东西，我便生出跳上去的冲动。这种冲动让我既兴奋又害怕，背上寒毛都竖了起来。我终究害怕被带到一个遥远的陌生的地方，所以每回总是后撤丈把远，以防自己的脚不听话，一个不留神就跨上去了。

不知从哪天开始，也不知什么原因，江上的排突然走不动了。上游的排又不断下来，越聚越多，几乎塞住整个江面，连岸接天。我看得兴奋，大人们却犯了愁。渔民的船被挤得几乎下不了水，只有跟排工们急。排工们一脸冤屈，说走不动他们也没办法，肯定是得罪水龙王了。上头以为有人搞破坏，派了个小组来调查。调查来调查去，没发现什么新问题。住在江边的人说，这种事，解放前就碰到过两次。还有个老人说，放排佬怕是得罪人了，被施了定排法。这些说法让我觉得很新鲜，更加来劲，接连几天都去江边看热闹，听人说长道短。如果不是因为年纪太小，恐怕要被怀疑成破坏分子呢。

有天我看完热闹，回到高家巷，发现街边竟停着一辆吉普车。车旁聚集了一堆街坊，妈妈也在其中。我立刻凑了过去，很快发现他们关注的并不是吉普，而是边往坡上望边议论纷纷。原来市里派干部来找吴爷爷。那可是大干部啊，你们看呵，秦主任到了他们面前，就像个小跟班。我没跟他们一起嘲笑秦主任，而是替吴爷爷紧张起来。踌躇片刻后，我悄悄往坡上走去，却被妈妈喊住了。

"你去哪里？"

"我去,上面玩。"

"玩了半天了,还没玩够啊,快回屋里去。"

"我要去看吴爷爷。"

"吴爷爷有事,你莫去打扰。"

"那些人,会不会是来抓吴爷爷的?"

妈妈愣了一下,才说:"不是的。是来找吴爷爷帮忙的。"

"是不是找他治病?"

"大概是的。"

我这才略略放了心,但又不是很稳心。这天夜饭吃得晚。因为妈妈其实也不放心,等到那些人走了后,和众人围住秦主任打听了一番,才归屋做饭。在饭桌上妈妈向我们传达了一条重大消息:吴大爷被市里请去,明天要把江边那些排弄走。我一时呆住了:吴爷爷跟那些排有什么关系?怎么要请他弄走?他怎么弄得走?加班回来的爸爸也听得一愣一愣的。妈妈并没有打听得很清楚,只含含糊糊地说吴大爷以前是吃排上饭的,本事大得很,不只那碗水。又说秦主任强调了，吴大爷这次是给革命做贡献，不是搞封建迷信，这是上面给定的性，还答应给吴大爷写书面证明，他才肯去呢。

第二天吃过早饭，我挎着书包出了巷口，绕着弯往江边行。我不晓得吴爷爷会在哪里上排，想着北门口码头最大，在那里等应该最保险。到了码头，台阶下人头攒动，大多是排工模样，却不见吴爷爷。台阶上有几个戴红袖章的人，把我拦住了。当中有个瘦子瞪着双斗鸡眼，一个劲地往外挥手，要我行远点。我假装往远处行，等他的目光从我身上撤离，又往台阶挨近几步，转过身子蹲了下来。地上有几只蚂蚁，我拔了根草，随意拨弄着，目光却不时瞟向对面的小马路。时间远比蚂蚁爬得慢。江面上的风扫过来，让我觉得身上有点凉。我刚缩了缩身子，立刻又舒展开来。昨天那辆吉普车出现了，停在一丈开外。只下来吴爷爷一个人。车子迅速开走了。他抬头望了望天，就径直往码头行来。我蹦跳着迎上前去，喊了他一声。他摸摸我的脑壳，仿佛知道我的心思，又拉起我一只手。那只大手稳定、温热。我挺着胸脯，也不去看那几个戴袖章的家伙，跟着他下到码头上。排工们一见他出现，都靠了过来，嘴里喊着吴爷。这些面孔或黝黑或铜红，透着沧桑。吴爷爷跟他们一一打招呼，每人寒暄两句。听他话里的意思，这些人都认识，只是有的好多年没见面了。

打完招呼后，吴爷爷带着那些老排工上了排。我想跟上去，他却对我摇摇手。如果是别人摇手，我这时不一定会听。但摇手的是他，我只能感到一阵气沮，眼睛微微发酸。好在他上排的时候回头又抛过一句，你就在这里看，莫乱动。我眼睛才没有继续酸下去，甚至重新获得了神气，目光追随着他的身影。他越走越远，跨过一道又一道的排，不时停下来看看，跟身边的人说着什么。每次说完，身边就有一人留下来，调动起排上的其他排工。他的身影越来越小，我踮起脚来，只能看到一些黑点。最后连黑点都消失了。在我望得见的地方，排工们都在忙碌着。风在身边乱转，我的心却很定。有人在叫我的名字。我回头一看，是高家巷的人，他们站在高处，不能够下到码头上。妈妈也来了。她这两天嗓子不舒服，没有扯开喉咙喊我，只是向我招手，示意我上去。对她挥挥手，我转身继续站在原地，心里虽有几分担心回去后挨骂，但更多的是说不出的骄傲。

岸边的人越聚越多，拉成了长线。一个多小时过去了，吴爷爷还没有回来。他仿佛沿着排往上游走。排跟天相接的地方，是另一个地方。我想吴爷爷是不是去了那个地方，吴爷爷是不是从那个地方来的？恍惚间我看到他露出笑容，脚步像浪花一样翻腾着，向那个地方奔去。他是不是不打算返身了？我着急起来，想把双手拢在嘴边，对着那个方向大喊：吴爷爷！吴爷爷！然而我终究没有出声，只是执着地盯着远处的排，近乎发愣。

也不知又过了多久，吴爷爷终于回来了。他身边只剩两人。走到靠码头最近的排上，有人从棚子里出来，递过一只尿素袋，一束香，一把菜刀。那两人分别接了。三人上了码头后，吴爷爷谁也不看，就转身面对大江。旁人将香点燃，递给他。气氛一下子变得凝重起来。我跟其他人一样,都往边上靠,自觉腾出一片空地。吴爷爷双手执香,跪下来,对着天地大江拜了三拜,然后把香插在石板缝中。一人从尿素袋中掏出只大公鸡,鸡冠子红得逼眼。吴爷爷接过鸡,接过菜刀,行到码头边那块大岩石旁,凌空一刀就把鸡头斩下。血喷在岩石上,流淌到半路就凝固了。吴爷爷从已不再挣扎的鸡身上扯下几根羽毛,往血里一按,羽毛便粘住石头。把鸡往石旁一丢,也不洗手,退开几步,他就在江边手舞足蹈起来,边跳边发出悠长的吟唱声。刚开始似乎有点像忠字舞,但多看几眼,便觉得完全不同。吴爷爷平常沉重如石,跳动起来身上却荡漾着轻盈感。他抖着胯跳,转着身跳,甩着臂跳,嘴里和鼻子一刻也没闲着,花白的乱发在风中飘,眼中仿佛有火焰在跳动。我一触到他的眼睛,便连忙将目光撤回,低下头去。我感觉其他人都像我一样,屏住呼吸,连咳嗽也努力憋住。

我们都被镇住了。

终于跳完了。吴爷爷上了排,往最前面的那只行去。随身两人也迅速跟了上去,到了地方,一人掌棹,一人掌篙。排头安了面大鼓。吴爷爷在鼓前站定,拿起鼓槌,又仰头望了望天,然后抬臂,腰身下沉。第一声跳起来时,满江的排工都发了一声喊。整条江晃动了一下。不等这晃动停止,吴爷爷的右手又擂了下去。那晃动更大了。鼓声并不密集,但每擂一下,都像擂在人的心口,沉沉的,透透的。他不是在擂这面鼓,他是在擂这些人,这些排,这条江。百千排工都动了起来,江水晃荡。岸边有人发出惊呼。

排缓缓地往前动起来。

吁了一口很长很长的气,我望着吴爷爷的背影,眼睛变得湿润。

这件事轰动全城,在很多天里,很多年后,都是人们津津乐道的话题。作为亲历者,我必须指出,在口水四溅、辗转相传中,很多东西都变形了。譬如有人说吴爷爷后来被省城的大领导请去,再也没有回来。还有人说他是资江里的龙王转世,作完法后就化做一道白光遁入江中。事实上吴爷爷仍然回到那栋红砖屋,又过了几年安生日子。但是后来有一天他突然失踪,再也没有回来。那栋红砖屋被充了公。有人说他未卜先知,搭排躲进了洞庭湖。很多年后,又有人说在苗疆碰到一个老人,很像他,但上前搭话,老人却听不懂汉话,只是蹲在地上,叼着根旱烟管默默地吸着。有好几个月,我都不肯相信吴爷爷就这样离开了。在黑夜的床上想起他时,总要默默流上一会眼泪。我变得沉默寡言,就是从那时开始的。

我后来早早地进了工厂。在厂里读完电大。等到厂子快垮时,考进报社。几年后调到市政协,在文史委工作了很长一段时间,每年都要参与编辑市文史资料。在此过程中,我逐步发现了关于吴爷爷的一些线索。顺着这些线索我走访了一些老人,从他们口中勾勒出吴爷爷的行状。他先祖来自上游的苗疆,从爷爷那辈起定居在水府庙附近。吴爷爷继承祖业,十八九岁便开始放排,大约在二十出头时,正式加入排教。此教广泛存在于湖南一带,祖师爷是晚清时期的李金鳌。李金鳌之后再无教主,只有靠本领、经验和威望产生的各地排头。排头不但要精通水上一切事务，还须拥有抵御灾祸的本领，这些本领包括医术、武术和来源驳杂的法术。吴爷爷什么时候当上排头，已不可考。反正在四十岁之前，他已成为排教中的重要人物，声威直抵武汉的宝庆码头。后来他的一个朋友，被作为反动道会门头目公开枪毙了。这件事给了他很深的刺激。他下令再不得提排教二字，并洗手上岸，又搬离了下河街。我为他写了一篇生平事略，登在市文史资料第十六辑上。事略有一大段描写了当年他在码头上作法赶排，却被读者认为太过玄虚。我虽是亲见，却无法有力地解释此事。这时资江的大小支流，横跨着不少水电站，木材都从陆路走。曾经风云激荡、波澜起伏的排运，和吴爷爷一样，消失于历史深处。

发表于《当代》2019年第2期
《长江文艺·好小说》2019年第5期转载

图书在版编目（CIP）数据

回身集/马笑泉著. -- 长沙：湖南文艺出版社，2019.12
ISBN 978-7-5404-9469-8

Ⅰ.①回… Ⅱ.①马… Ⅲ.①短篇小说—小说集—中国—当代 Ⅳ.①I247.7

中国版本图书馆CIP数据核字(2019)第229799号

回身集

HUI SHEN JI

| 作　　者：马笑泉
| 出 版 人：曾赛丰
| 责任编辑：杨晓澜　薛　健
| 责任校对：黄　晓
| 封面设计：肖睿子
| 内文排版：钟灿霞
| 出版发行：湖南文艺出版社
| （长沙市雨花区东二环一段508号 邮编：410014）
| 网　　址：http://www.hnwy.net
| 印　　刷：湖南凌宇纸品有限公司
| 经　　销：湖南省新华书店
| 开　　本：787mm×1092mm 1/32
| 印　　张：8
| 字　　数：110千字
| 版　　次：2019年12月第1版
| 印　　次：2019年12月第1次印刷
| 书　　号：ISBN 978-7-5404-9469-8
| 定　　价：48.00元

本社邮购电话：0731-85983015
若有印装质量问题，请直接与本社出版科联系调换